Eine Handvoll Erde
im Meer

Dietrich Heyde

Eine Handvoll Erde im Meer

Halliggeschichten

Wachholtz

1. Auflage 2013

Druck und Bindung: Steinmeier GmbH & Co. KG, Deiningen
Printed in Germany
Titelfoto: ©Martin Stock
ISBN 978-3-529-05353-5

Besuchen Sie uns im Internet:
www.wachholtz-verlag.de

Wie sich im Wasser das Angesicht spiegelt,
so die Landschaft im Herzen der Menschen.

Sieben Jahre hat Dietrich Heyde als Pastor auf Hallig Hooge gelebt, auf einer Handvoll Erde im nordfriesischen Wattenmeer. Fasziniert von der geistlichen Ausstrahlung dieser ungewöhnlichen Natur- und Kulturlandschaft und davon, den bewegten Ablauf der Natur in den Menschen, die ihm dort begegnet sind, wieder zu finden, erzählt er von Ereignissen, menschlichen Erfahrungen und spirituellen Entdeckungen. Dabei kommt Ernstes und Heiteres zur Sprache.

Jede Halliggeschichte kann für sich stehen. Zugleich verbinden sich alle Siebenundzwanzig zu einem farbigen Mosaik und Ganzen – nicht nur durch ihren Bezug zur Landschaft, auch dadurch, dass einige Personen in unterschiedlichen Kapiteln auftauchen. So lokal gebunden das Erzählte ist, illustriert mit Fotografien des Autors aus den Jahren 1980 bis 1987 – es weist über sich hinaus ins Existentielle und Allgemein-Menschliche.

Inhalt

Für
Julia, Dorothee und Marie-Luise,
und alle, deren Herz sich einschrieb in Hallig und Gezeiten

Eine Handvoll Erde im Meer

Dieses Gefühl von Weite und Freiheit, wenn ich nach Tagen am Festland an Schlüttsiel stehe und mich die erste Brise von jenseits des Deiches überflutet. Die Luft schmeckt nach Tang und Salz. Nichts hält meinen Blick auf. Vor mir das nordfriesische Wattenmeer. Unter einem übermächtigen Himmel liegen die Halligen mit ihren Warften wie eigenwillig geformte Nester, wie ferne Oasen inmitten der Wasserwüste. Die Hallig ist nicht mehr als eine Handvoll Erde im Meer. Aber sie hat in meinem Leben Gewicht bekommen und unverwechselbare Spuren hinterlassen.

Es ist kalt an diesem Septembertag. Die „Utlande", kämpft sich durch die von Pricken gekennzeichnete Fahrrinne auf die Nordsee. Mächtige Wellen werfen sich ihr entgegen, nehmen das Schiff auf die Schultern und tragen es gegen die Strömung hinaus aufs Meer.

Schon auf der Fähre spüre ich, wie schön und wichtig es ist, von Zeit zu Zeit alles, was zum „Festland" gehört, zurücklassen zu können. Es braucht Orte und Zeiten, die dich anleiten loszulassen, freizugeben. Es braucht in jedem Leben (im Bild gesprochen) eine „Hallig", auf die du dich zurückziehen kannst.

Wozu? Um Abstand zu nehmen.

Zu einer fruchtbaren körperlichen und geistigen Arbeit gehört das zeitweilige Abstandnehmen von ihr. Noch wichtiger ist es, Abstand zu sich selbst, vom eigenen Ich und seinen Bedürfnissen zu bekommen. Ohne Abstand zu sich selbst gibt es keinen Humor, der zum Leben gehört wie das tägliche Brot. Er rückt den Augenblick an die richtige Stelle und lehrt uns die wahre Größenordnung und die gültige Perspektive.

Vorbei geht es an Gröde, Oland und Langeneß nach Hallig Hooge. Die Fahrt mit der Fähre dauert eine gute Stunde. Das ist geschenkte Zeit, Zeit zur Stille und zum Nachdenken. Der Name „Utlande“ weckt Gedanken an Früheres, Vergangenes:

Ich schaue übers Wasser, lange und absichtslos, und mir ist, als würden aus jeder Welle des Gezeitenstroms Augen vergangenen Lebens sehen. Unter dem Kiel des Schiffes, musst du dir vorstellen, weggewischt von großen Sturmfluten, lag vor tausend Jahren noch ein ausgedehntes Land von Marschen und Mooren, nur hier und da von Wasserläufen unterbrochen. Verstehst du, da spielten einmal Kinder, das war ausgefüllt mit Leben. Das Watt, der Meeresgrund erzählt Halliggeschichte, die Geschichte von Menschen und Zeiten, die die Wasser begruben. Weite Teile der damaligen „Utlande“ wurden bei der großen Flut, der „Mandrenke“ von 1362 zerstört, auch der sagenumwobene Ort Rungholt.

Und wann und wie, fragst du, sind die Halligen entstanden?

Nun, auch wenn wir sagen können, dass es sich bei einigen Halligen um früheres Festland handelt und bei anderen um aufgelandetes, vom Meer aufgespültes Land, bleiben doch Ursprung und Werden der Hallig ein Geheimnis. Alles war und ist in Bewegung. Vielleicht kann man so sagen – eine sinkende, versinkende, ständig in Bewegung befindliche Welt, das sind die Halligen.

Landunter

Die „Utlande“ stampft durch die aufgewühlte See. Windstärke acht. Wellen schlagen an die Breitseite und finden im Innern des stählernen Fährgehäuses ein dumpfes Echo. Ich verlasse Fahrgastraum und Kantine, wo sich Menschen und das Geschwätz vom Tage auf dem Festland gesammelt haben, gehe ins Freie und suche Zuflucht im Windschatten des Schiffsaufbaus. Es ist ein Stürmen und Brausen in der Luft. Aber ich empfinde deutlich: Wind, Sturm und See machen keinen Lärm, den machen nur wir Menschen. Es scheint den Elementen eigentümlich, dass in ihnen noch ein Schweigendes ist, wenn sie gewaltig daherkommen und lautstark aufspielen.

Ich bin immer neu erstaunt, wie viele Gesichter diese Landschaft hat – schöne, eigenwillige und bedrohliche Gesichter. Es ist durchaus angemessen, von Gesichtern einer Landschaft zu sprechen. „Gesicht“ hat etwas mit „Sehen“ zu tun:

Nicht nur wir Menschen haben Gesichter und damit Augen, um etwas zu sehen. Die Landschaft mit ihrem Übergewicht an Himmel und Meer, mit ihrer Weite und ihrer geschichtlichen Tiefe wird nicht nur gesehen. Sie selbst sieht auch. Und es kommt darauf an, mit ihren Augen zu sehen. Natur und Landschaft sind nicht Objekt, sondern Subjekt. Nur ein Subjekt kann reden und erzählen oder schweigen. Nur ein Subjekt kann auch leiden. Nur ein Subjekt ist in der Lage, den, der es geschaffen hat, also den Schöpfer, zu loben.

Ich erreiche die Hallig gerade noch rechtzeitig. Wenig später sind Fennen und Priele, Brücken und Straßen unter einer wellenbewegten Wasserdecke verschwunden. Landunter! Spielend leicht ist die Hallig eine Beute des Meeres geworden. Nur die Warften schauen noch wie Archen aus dem Wasser.

Was mich an diesem Tage besonders fasziniert, ist das Licht. Es scheint so unverstellt und unmittelbar, wie es über Wassern und Warften liegt, wobei der wolkenzerrissene Himmel immer neue Formen und Figuren hervorspielt. Und die hinter Wolken plötzlich hervorbrechende Sonne weckt in mir den Gedanken an das Schöpfungslicht:

„Der du in Licht dich hüllst wie ein Kleid,
der den Himmel ausspannt wie ein Zeltdach,
der Wolken zu seinem Wagen macht
und einherfährt auf den Flügeln des Sturms.“ [1]

Wenn es hell wird, glänzend hell, und das Licht sich im Wasser spiegelt, dann ist dem Sturm der Stachel des Unheimlichen und Bedrohlichen genommen. Als um Mitternacht abermals Hochflut ist, wirkt alles viel unheimlicher, ja geradezu gespenstisch. Licht vertreibt tatsächlich Finsternis, auch die Finsternis eines Orkans, der über die Halligen fegt.

1 Psalm 104,2-4

Meerlunge

Das Wattenmeer mit seiner Weite ist schon ein merkwürdiges Gebiet. Weder Meer noch Land – ein Übergangsgebiet „amphibischer Natur“. Nichts ist verkehrter als vom toten Watt zu sprechen. Hier ist „Leben und Schöpfung bei Tag und Nacht. Nicht eine Rinne, nicht eine Sandplatte, nicht eine Schlickfläche, nicht eine Halligkante ist heute, wie sie gestern war. Alles hier ist flutendes Leben, Bewegung, Veränderung, Aufbau und Zerstörung.“[2]

Vielleicht kann man nirgends so deutlich wie hier etwas vom Werden und Vergehen all dessen spüren, was ist. „Meerlunge“ wurde das Watt einmal genannt. Ein treffendes Bild, wenn man an das Kommen und Gehen der Wasser denkt, an Ebbe und Flut, das einem Atemholen gleicht. Ein Bild aber auch für die Weite der Halligwelt, in der du Luft zum Einatmen und Ausruhen und Raum für deine Schritte hast.

Zu dem, was ich dieser Landschaft verdanke, gehört auch dies:

Sie hat mir die Augen für das Kleine geöffnet, für die kleinen und unscheinbaren Dinge des Lebens. Von frühester Kindheit an wachsen wir auf in dem Gefühl, dass das Große mehr Bedeutung hat als das Kleine. Aber worauf es ankommt, ist, Augen, Ohren, überhaupt Sinne für das Kleine zu haben.

Oft gehe ich am Flutsaum des Meeres entlang, sehe das Angespülte, lasse mir Zeit und betrachte die unendliche Fülle der Natur,

---

2 Theodor Möller, Die Welt der Halligen, Karl Wachholtz Verlag, Neumünster, 1980, S. 6

den Reichtum des Lebens, der im Allerkleinsten Ausdruck findet. Da sind die winzigen Gehäuse der Wattschnecken und die Eiballen der Wellhornschnecke, die ein Spiel des Windes werden, und die schwarzbraunen Eikapseln der Nagelrochen. Auf Muscheln haben Orkane Spuren hinterlassen, Zeichen der Erinnerung auf feste Schuppen geritzt. Ich sehe das Violett der Bondestave über Salzwiesen leuchten und das Schlickgras, um das der Gezeitenstrom kreist. Dazu die bizarren Formen der Seepocken, die sich unter der Haut des Meeres an allem festmachen, was ihnen Halt gibt.

Die Halliglandschaft hat mir ein Gespür vermittelt für die Wunder, die täglich um uns sind. Sie hat mir die Augen geöffnet, dass nicht zuerst den großen, sondern den kleinen und unscheinbaren Dingen in der Natur und im Leben Bedeutung und Gewicht zukommt. Ich habe das dankbare Staunen wieder gelernt, weil ich da draußen, fern vom Festland, aufhören konnte, Natur und Welt nur unter dem Aspekt der Verwendbarkeit zu sehen und zu erleben.

Was wäre das Festland, wenn ihm die vorgelagerten Inseln und Halligen fehlten? Was wäre unser Leben, wenn ihm fehlte, worauf die Hallig und ihre Landschaft hinweist?

Der Sabbat der Winde

Zu den Halligen im nordfriesischen Wattenmeer gehört der Wind. Auf Hooge ist er mein ständiger Gesprächspartner gewesen. Jenseits des Festlandes, in baumloser Weite lernst du ihn durchbuchstabieren – von der leichten Brise über Turbulenzen und Stürme bis hin zum Orkan. Er genießt sein Publikum, das hinter Fenstern sitzt und zuhört, wenn er Wolken treibt , das Meer aufwühlt und von Nordwest der Hallig zusetzt.

Die Winde gleichen einem Orchester mit vielen Stimmen. Die können wunderbar zart, leise und feinsinnig sein, aber im nächsten Augenblick umschlagen und sich in Getöse, mächtigen Stößen und Paukenschlägen entladen. Vom Pianissimo bis zum Forte haben die Winde alles drauf.

Als ich einmal nach einer Sturmflutwarnung nach draußen ging, um zu bergen, was Sturm und Wasser nicht standhalten würde, da war es zu meiner großen Überraschung windstill. Kein Lüftchen regte sich, kein Laut war zu hören, gar nichts; selbst das Meer schien seinen Atem anzuhalten und die Zeit stillzustehen. Aber dann – nach wenigen Augenblicken erhob sich vom Meer her ein gewaltiges Tosen und Lärmen. Entfesselte Winde erfüllten die Luft mit einem Brausen, so dass alles, was unbefestigt war, in die Höhe fetzte und herumgewirbelt wurde. In kürzester Zeit war Landunter und die Hallig ein Teil des Meeres.

Aber es gibt auch einen Sabbat der Winde, der dich zur Stille einlädt. Den erlebte ich an einem lauen Sommerabend auf Kirchwarft. Ich stand in einer Traube von Menschen. Die Sonne, nur noch fingerbreit und in rostigen Fäden über dem Horizont, senkte sich langsam ins Meer. Ihr letztes Licht aber und die Stille des Windes drangen so tief in uns ein, dass wir unsere Gespräche einstellten, still wurden und lauschten. Jeder war einfach nur da und hörte auf die Stille, „die Stimme leisen Schweigens“[3], die nur am Sabbat der Winde vernehmbar wird.

In solchen Augenblicken wird deutlich, dass Wind, Atem und Geist zusammengehört. Bezeichnenderweise bilden diese Bedeutungen in dem hebräischen Wort „ruach“ eine Einheit. In einer Landschaft, die abhängig ist vom Kommen und Gehen der Wasser, von Ebbe und Flut, die einem Einatmen und Ausatmen gleichen, kannst du es spüren:

Die Lebenskraft des Menschen ist nichts anderes als die Gegenwart des Windes, des Gottesgeistes in uns. Auf der Hallig ist mir erst richtig deutlich geworden, dass es überhaupt kein Leben auf dieser Erde gibt, das sich nicht dem Wind, dem Atem Gottes verdankt. Ohne Wind und Geist kein Leben.

Von jeher meinen Menschen und Völker, sie müssten auf „geflügelten Rossen dahinfliegen“ und „auf Fittichen der Stürme reiten“, also mit Stärke, Gewalt und Macht daherkommen und ihre Geschichte meistern. Dagegen lehrt dich der Sabbat der Winde, dass wir „durch Stillesein und Hoffen allein stark sind“[4]. Durch-

3 1.Könige 19,12

4 Jesaja 30,15

lässig werden für die Stille, offen sein für die „Stimme leisen Schweigens“, darin liegt das Geheimnis der Kraft, der Schlüssel zur Zukunft.

Heilsame Grenzen

Ich erinnere mich noch gut an meinen ersten Besuch auf der Hallig. Es war ein warmer Tag im August. Ich kam wie so viele als Tagesgast und fragte einen Einheimischen:
„Also gut, im Sommer hier auf Hooge, das kann ich mir vorstellen. Aber im Winter – wie hält man es im Winter auf einer Hallig aus?“

Und der schon viele Winter im nordfriesischen Wattenmeer erlebt hatte, antwortete:

„Im Winter – einfach herrlich. Nur eine Voraussetzung: Du musst gelernt haben, mit dir selber fertig zu werden.“

Mich hat seither dieser Satz nicht mehr verlassen. Kürzer lässt sich kaum sagen, worauf es ankommt. Ich musste und muss also lernen, mich auszuhalten mit den Möglichkeiten, die mir gegeben sind. Aber auch mit den Begrenzungen, die mir auferlegt sind. Es gibt im allerbesten Sinn keine Fluchtmöglichkeit. Im Winter nicht einmal in einen vollen Terminkalender. Dies wurde für mich eine heilsame Erfahrung.

Vielleicht ist dies ja das Wichtigste und auch Schwerste im Leben eines Menschen, zu lernen, mit sich selber fertig zu werden. Hast du einmal den Weg gefunden, dich auszuhalten, dir nicht mehr davonzulaufen, eben dich anzunehmen, wie du bist, dann wirst du auch Wege entdecken, mit anderen Menschen fertig zu werden und sie anzunehmen, wie sie sind.

In den Jahren, die ich dann auf Hooge lebte, habe ich angefangen, über „Größenverhältnisse" nachzudenken. Es schien mir kein Zufall, dass sich der Mensch in dieser Landschaft vergleichsweise klein ausnimmt. Denn hier draußen ist alles Meer mit viel Himmel darüber. Der Himmel mit Wolken und Winden und die Wasser haben ein deutliches Übergewicht.

Und der Mensch? Wo ist der Mensch in dieser Landschaft?

Er ist nur eben da, wo Himmel und Meer einander berühren – auf einem kleinen Streifen Land, auf einer Handvoll Erde. Hier nimmt er sich aus wie ein „Tropfen Wasser"[5] oder wie ein „Sandkorn"[6], wie es in der Bibel heißt. Gering, ja, nichts sind seine Jahre im Vergleich zu Himmel und Meer.

Viele Räume hat der Mensch forschend durchmessen, vom Weltenraum bis zu den Tiefen des Meeres. Unbestreitbar sind seine großen technologischen Leistungen. Auf der anderen Seite ist ihm, wie wir wissen, Naheliegendes nicht gelungen. Er hat es zum Beispiel nicht geschafft, Frieden zu machen mit sich und mit anderen.

Angesichts der Natur und ihrer Gewalten, wie sie in dieser Landschaft erlebt werden, wird der Mensch heilsam klein und

---

5 Sirach 18,8

6 Jesaja 40,15

bescheiden. Du spürst auf der Hallig das „memento mori“, das „Gedenke, dass du sterben musst“. Du spürst es beim Heranziehen des Gewitters und beim Einsetzen und Toben des Sturms.

Diese Landschaft lässt dich deutlicher und unmittelbarer als andere Orte deine heilsamen Grenzen erkennen. Ja, sie will dich stärken und ermutigen, dich anzunehmen, wie du bist – auch und gerade mit den Einschränkungen, die dir auferlegt sind.

Auf weitem Raum

Es ist befreiend schön, seine Füße auf weiten Raum zu stellen. Das habe ich im nordfriesischen Wattenmeer erfahren. Dort ist Weite. Dort ist Horizont. Nichts hält meinen Blick auf. Ein für den Städter ungewohntes Bild. Denn längst haben ihm seine Hände die Weite verstellt.

In der Weite dieser Landschaft hört mein Atem auf, kurz zu sein. Hetze und Hektik verlieren sich. Auch aller Lärm des Tages, der sich in mir angesammelt hat. Und nicht selten habe ich das Gefühl, dass alles Enge und Kleinliche von mir abfällt.

Dort wird mir bewusst, dass mit der Weite des Raums die Zeit, das Maß gefühlter und erfahrbarer Zeit, länger wird. Das Wort „Zeitraum“ macht die innere Beziehung von Raum und Zeit deutlich. Nimm einmal die Weite in dich hinein, wie sie sich zwischen Hooge und der Vogelhallig Norderoog oder auf Japsand auftut. Sie wird sich dir in einem Mehr/Meer an Zeit mitteilen. Da draußen habe ich erkannt, dass sich „Zeit“ nicht zuerst nach ihrer Länge bemisst, sondern nach ihrem Gewicht. Du kannst dein Leben nicht länger, wohl aber breiter und tiefer machen. Auf die Dimension der Tiefe kommt es an. Auf Zeitqualität, nicht Zeitquantität.

Die Halliglandschaft macht anschaulich, was unverzichtbar ist und in jedes Menschenleben gehört – nämlich „der weite Raum“. Denn ohne ihn gibt es keinen „Horizont“, keine gültige Perspektive, keine erfüllte Zeit. Das Wattenmeer mit seinen Inseln und Halligen ist mir zum Spiegel geworden für den weiten Raum, auf den Gott unsere Füße stellt.

„Du stellst meine Füße auf weiten Raum“, heißt es in der Bibel.[7]

Auf weiten Raum? Wo hat der biblische Beter den gefunden? Sag mir den Namen dieser Landschaft, damit auch ich dorthin gehe und in ihr lebe.

Und der würde antworten und dies erzählen:

Als ich mich ausweglos umstellt sah von äußeren Feinden, die mir zu stark waren, als innere Feinde mich zuschnürten, dass mir der Atem ausging, als sie gleichermaßen über mich kamen wie starke Wasser – da in meiner Angst schrie ich zu Gott. Und Gott erhörte mich auf weitem Raum.[8] Er streckte seine Hand aus und zog mich aus großen Wassern. Ja, er riss mich heraus und führte mich hinaus ins Weite.[9]

Ja, das tat Gott. Denn er hatte Lust zu mir. Und weil er Lust hatte zu mir, schnürte er mich los. Er befreite mich von jeder Fes-

7 Psalm 31,9
8 Psalm 118,5
9 Psalm 18,17.20

sel und gab meinen Schritten weiten Raum, dass meine Knöchel nicht wanken.[10]

Ob du wohl verstehst?

Der weite Raum – Gott selbst ist es. So lautet sein Name – „Weiter Raum". Und mit allem, was Gott tut, will er dich dahin bringen, dass du dort bist, wo er selbst ist – auf weitem Raum. Denn dort hat dein Leben Horizont. Dort findest du eine gültige Perspektive. Dort hast du nicht nur ausgefüllte, sondern erfüllte Zeit. Auf weitem Raum verwandelt sich Zeit in Ewigkeit. Und diese Landschaft ist da, wo du bist.

Scherben im Watt

Mit Ipke Feddersen von Mitteltritt saß ich einmal bei Teepunsch und Knerken im Halbdunkel. Er hatte versonnen aus dem Fenster geschaut, solange der Abend noch Licht übers Wasser schickte. Nun aber, da es dunkel war, kehrten seine Augen zurück und suchten Halt an einem Eckschapp, das voll von Wattfunden war.

„Wir dürfen nicht vergessen", sagte er – „da draußen im Watt liegt eine versunkene Welt. Bis die großen Fluten kamen und die ‚Utlande' unter sich begruben, war das erfüllt mit Leben. Könnte doch sein, dass die Seelen Ertrunkener aus einer anderen, für uns

10 Psalm 18,37

erloschenen Welt Signale und Zeichen senden, um uns etwas mitzuteilen. Könnte doch sein – oder?“

Ipke hielt inne und warf mir einen fragenden Blick zu.

Ich kannte ihn seit Jahren und wusste nur zu gut, wovon er sprach. Denn nichts tat er lieber, als ins Watt zu gehen und nach Fundstücken vergangenen Lebens zu suchen. Und ihm gelang es auch, sie zum Sprechen, zum Erzählen zu bringen. Der versunkenen Welt von Rungholt gehörten seine Phantasie und Leidenschaft.

Ipke glaubte, dass in Meerestiefen die Zeit stehen geblieben sei. „Da unten haben die Uhren keine Zeiger“, pflegte er zu sagen. Und er meinte, wenn er etwas im Watt finde, und sei es nur eine kleine Scherbe – dann würde ihm kraft dessen, was sie von früher zu erzählen hat, Zeit zufließen, die Zeit vergangenen Lebens. Die Wasser jedenfalls, davon war er überzeugt, würden unaufhörlich sprechen, ohne sich zu wiederholen. Für ihn war der Gezeitenstrom, der mal dies, mal jenes nach oben spüle, Bote dieser versunkenen Welt.

Keiner hatte mir so wie Ipke Feddersen anschaulich machen können, dass die Weite der Halliglandschaft nicht nur eine horizontale Linie hat, sondern auch eine vertikale, die in die Vergangenheit zurückgeht; und dass es lohnt, ja eine Lust ist, das Zeitfenster zur Geschichte unter dem Meeresspiegel aufzustoßen.

Für den, der Geduld hat zu hören und sich Zeit nimmt, ist die Vergangenheit nicht vergangen. Wer Ohren hat zu hören, der hört sie erzählen. Und er spürt, wie viel sie ihm noch heute zu sagen hat. Ja, er entdeckt, dass ihm Zeit zufließt, eben all die Jahre früheren Lebens, die kraft der Erinnerung seine eigene Lebenszeit vertiefen. Halligbewohner wie Ipke sind stolz auf ihre friesische Vergangenheit. Sie ist für sie kein historisches Requisit. Denn sie leben darin, als wäre sie nur eine andere Form der Gegenwart.

„Wir müssen sehen", sagt Johann Gottfried Herder, „was in der Vorwelt war und geschah, damit wir, was um uns geschieht, schätzen lernen." [11]

Dies gilt auch und gerade für die Hallig. Wer sich ihr allzu rasch nähern möchte und an dem vorbeisieht, was in der „Vorwelt" war und geschah, den lässt sie draußen stehen. Die nordfriesischen Inseln und Halligen sind eben nicht nur Naturlandschaft – sie sind auch Kulturlandschaft.

Weitsicht

Eigentümlich dieses Schlüttsiel, dachte ich, als ich an einem frostigen Tag im Winter auf die Fähre warten musste. Nichts Gewachsenes und nichts aus sich selbst, im Grunde nicht mehr als eine in den Festlandsdeich geworfene Schneise mit Anlegeplatz für Fähre und Ausflugsschiffe, mit Parkplatz und Hotelrestaurant. Schlüttsiel ist einfach nur, wo das Meer beginnt, das ist alles. Und so möchte man es rasch hinter sich lassen, um in die Welt der Inseln und Halligen einzutauchen.

11 Johann Gottfried Herder, Denkmale und Rettungen, Aufbau Verlag Berlin 1978, S. 5

Als die Fähre, die „Utlande", festgemacht hatte, ging ich an Bord und verschwand sofort im Fahrgastraum, um mich aufzuwärmen. Mit an Bord war ein Archivar, ein langjähriger Freund der Hallig und von Okke Johannsen, dem Hooger Fischer. Der setzte sich zu mir mit den Worten:

„Sie haben doch sechs oder waren es sieben Jahre auf der Hallig gelebt – da werden Erinnerungen wach – oder? Kommen Sie, ich lade Sie zu einem Teepunsch ein."

Als der „blonde", mit „geele" Köm versetzte Tee vor uns stand, rieselte ein süßlich warmer Duft in unsere Nasen. „Dass uns das nasskalte Wetter nicht auf die Seele schlage", rief der Archivar mir zu und fragte dann, ob ich denn wüsste, dass sie auf der Hallig früher nur „witte" Köm getrunken haben, aber dann habe den Hoogern „geele" Köm besser geschmeckt und alle hätten sich auf „geele" Köm umgestellt.

„Ja, ich weiß", erwiderte ich, „es war Okke Johannsen, der mich vor Jahren in das mancherorts sorgsam gehütete Geheimnis und Ritual der Teepunschzubereitung einweihte".

Ich sah ihn vor mir, den Fischermeister mit seinem offenen, freundlichen Gesicht, wie er langsam und auf Genuss bedacht an seiner Zigarre zog, ein oder zwei Teepunsch trank und natürlich nur plattdüütsch sprach, wenn er sprach. Denn er gehörte zu den Menschen, die mehr Nutzen aus dem Schweigen als aus dem Reden ziehen.

„Über Okke muss man nicht Romane erzählen", meinte der Archivar. „Um ihn zu kennzeichnen, genügt eine Geste, eine Bewegung oder nur ein Wort." Und er erzählte:

„Als Okke Johannsen einmal mit dem Fernglas den Horizont absuchte, saß sein Enkel Paul auf seinem Schoß. Da fragte der Junge:

‚Großvater, lass mich auch mal durchs Fernglas gucken.'

‚Da kannst du gar nichts durch sehen', meinte Okke.

‚Kann ich wohl', erwiderte der Kleine und drängelte und bat, bis der Großvater ihm das Fernglas überließ.

‚Na Paul, was siehst du?'

‚Ich sehe', antwortete Paul, ‚ich sehe'… – der Junge schwieg.

Dann nach einer Pause:

‚Ich sehe – den lieben Gott!'

Erstaunt sah Okke Johannsen seinen Enkel an, sah, wie dem Jungen dicke Tränen übers Gesicht kullerten und sagte: ‚Laat di man Tiet, mien Jung – weetst du, dör een Traan kann man veel wieder kieken as dör een Kieker'."[12]

Wasserwüste

Der Ort, an dem ich lebe, ist eine Wasserwüste. Es ist, als wollte die Schöpfung zu ihrem Anfang zurückkehren, wenn im Winter und in Ausnahmefällen auch im Sommer das Meer an den Warften emporsteigt und Wasser und Himmel, soweit das Auge reicht, miteinander verbunden sind. Seit ich

12 „Lass man gut sein, mein Junge – weißt du, durch eine Träne kann man viel weiter sehen als durch ein Fernglas."

auf der Hallig lebe, bin ich genötigt, über diesen Ort nachzudenken, der in so besonderem Maße mit der Natur verbunden und den Elementen Wasser und Wind ausgeliefert ist.

In einer Wasserwüste leben, heißt bereit sein, sich unterbrechen zu lassen. Das wird auf der Hallig sehr wörtlich erfahren. Jedes Landunter ist eine Art Unterbrechung des Alltags. Du bist genötigt, das, woran du gerade arbeitest, aus den Händen zu legen, um dich nach Mitteilung der Sturmflutwarnung der Warftsicherung zuzuwenden. Wer unterwegs ist, kehrt im Eiltempo auf seine Warft zurück. Das Vieh, das auf den Fennen weidet, muss auf die Warften getrieben werden. Und in der zweiklassigen Grund- und Hauptschule unterbrechen Lehrer und Schüler den Unterricht.

Eine Unterbrechung ist im Allgemeinen etwas, das wir als störend empfinden. Termine, Pläne und Veranstaltungen, die Halligbewohner am Festland haben, können durcheinander geraten. Und Gäste der Hallig, die von einem Landunter überrascht werden, sind gezwungen, ihre Abreise um ein, zwei oder drei Tage zu verschieben.

Das kann in arge Verlegenheiten führen. Aber nun ist es Art der Wasserwüste, aus diesen Verlegenheiten immer auch Gelegenheiten zu machen. Zeichenhaft macht sie deutlich, dass Welt und Leben eben nicht ungestört, ununterbrochen ihren Lauf nehmen sollen.

„Wüste" will heilsame Unterbrechung der Welt sein, in der ich lebe. Der Fluss der Welt, von der Geburt bis zum Tod, wird durchleuchtet und in ein Licht gestellt, das mir Abstand zum Alltag schenken möchte. Abstand, der nötig ist, um deutlicher sehen zu lernen.

Unterbrechen also – um mich fragen zu lassen, wofür ich arbeite, wem ich meine Kraft und Aktivität widme, wozu ich auf diese Erde gekommen bin. Unterbrechen – um wieder zurechtzurücken, was verrückt ist in meinem Leben. Unterbrechen – um einmal innezuhalten, mich zurückzuziehen von den Dingen, mit denen ich täglich zu tun habe. Unterbrechen – um nicht gedankenlos in den Tag zu leben, also um der Fähigkeit willen zu gedenken und zu danken, gerade auch für die kleinen, unscheinbaren Dinge des Lebens. Unterbrechen – um einen neuen Anfang zu machen und so zu leben, wie ich am Ende einmal gelebt haben möchte.

Die Wasserwüste drängt dir dieses heilsame Erlebnis nicht auf. Sie ist nur eine Art Angebot, das du ausschlagen kannst. Wenn du sie aber für dich entdeckst, dann wird sie dir zu einer Kraftquelle und zu einem Feld der Erprobung und Selbstprüfung.

Aufgespießt

Eine leichte Brise von See wehte über die baumlose Fläche der Hallig, als der Amtswehrführer die Feuerwehrleute von Pellworm, Hooge und Langeneß begrüßte – mit den Worten: „Sind alle Anwesenden da?“

Ein Raunen ging durch die Reihen der Männer und Frauen, die zu Übung und Wettkampf angetreten waren. Ein Raunen und

Gemurmel, das bald in unverhohlenes Gelächter überging. „Sind alle Anwesenden da?" Na klar, was denn sonst?!

Ich hatte mich in den Jahren auf Hallig Hooge der Freiwilligen Feuerwehr angeschlossen und stand nun inmitten der Blauröcke, deren herzhaftes Lachen der Wind verwehte, in mir aber einen intensiven Nachhall fand. Jedenfalls ging mir das Wort des Amtswehrführers nicht mehr aus dem Sinn.

„Aufgespießt!" meinte jemand spöttisch in meiner Nähe. „Wer?" fragte ich. „Der Amtswehrführer oder wir?" Je länger ich nachdachte, desto sinnreicher fand ich das Wort.

„Sind alle Anwesenden da?"

Weist dieser Satz nicht auf eine Erfahrung hin, wie wir sie hundertfach gemacht haben und immer wieder machen? Wir sind nie ganz da, wo wir gerade sind. Entweder noch ein Stückchen zurück oder schon etwas voraus. Manchmal noch bei dem, was war, also im Gestern, oder schon bei dem, was sein wird, im Morgen. Aber im Heute, im Jetzt, im Augenblick sind wir nicht. Man kann also anwesend sein, ohne wirklich da zu sein, weil Herz und Gedanken ganz woanders sind.

Ist das alles nur eine Frage der Konzentration? In gewissem Maße ja. Wie oft habe ich mich in Gesprächs- und Diskussionsrunden dabei ertappt, dass ich, während der andere sprach, mit eigenen Gedanken und Argumenten beschäftigt war, statt genau hinzuhören, was er zu sagen hat.

Dass wir nicht ganz da sind, wo wir sind, ist ein wesentlicher Grund, warum wir Menschen so oft aneinander vorbeireden und es zu Missverständnissen kommt.

Und was sind die Folgen?

Es kommt zu einem herben Verlust an Unmittelbarkeit, zu einer Einbuße an Gegenwart in unseren zwischenmenschlichen Beziehungen. Das Wort des Feuerwehrmannes hat mir verdeutlicht:

Eine zwischenmenschliche Beziehung verwirklicht sich nur da, wo „alle Anwesenden da sind". Und es hat mich ermutigt, alle Kraft daran zu setzen, nicht kleiner zu sein als der Augenblick.

To Hus

Es war ein grauer, nasskalter Februartag, an dem der Fischer Okke Johannsen zu Grabe getragen wurde. Himmel und Meer flossen ohne Übergang zu einer schwarzgrünen Masse zusammen und verbargen den Horizont.

Auf der Fahrt mit dem „Seeadler" von Schlüttsiel nach Hallig Hooge suchten meine Gedanken das Vergangene. Sie suchten den Verstorbenen am letzten Tage seines Lebens, wie er noch einmal aufs Meer hinausfuhr, die Netze auswarf und einholte, wie er es unzählige Male auf seinem Fischkutter getan hatte – merkwürdig gelassen und unbekümmert um sich selbst und noch gelassener und unbekümmerter um den Ertrag – ohne auch nur einen Augenblick daran zu denken, dass an jenem Tage noch einer mit an Bord gegangen war und ihm über die Schultern sah: der Tod.

Wenn die Echtheit eines Sterbens sich darin zeigt, wieweit es übereinstimmt mit dem Leben, dann starb Okke Johannsen in Treue zu sich selbst.

Als nach etwa einer Stunde Fahrzeit der „Seeadler" am Hooger Anleger festmachte, war der Horizont von lichten Streifen durchzogen. Auf dem Weg zum kleinen Friedhof auf Kirchwarft drang der verwehte Ton einer Glocke an mein Ohr. Ja, so war das immer, erinnerte ich mich:

Wenn Halligbewohner zu Grabe getragen werden, gleicht der Trauerzug einer kleinen Prozession. Von der häuslichen Warft, wo der Verstorbene zuvor aufgebahrt war, bis hin zur Kirchwarft, bei jeder Warft, die passiert wird, ertönt die Glocke im friesischen Glockenstapel. Vor dem Sarg gehen die Lichtträger; sie bilden die Spitze des Zuges. In der Regel sind es zwei Konfirmanden, die zwei Kirchenleuchter vorantragen. Dem Sarg folgen in Begleitung des Pastors die Leidtragenden unter Anteilnahme zumeist aller Halligbewohner.

Am Tag aber, an dem Okke Johannsen starb, war es anders:

In nächtlicher Frühe brach er mit seinem Sohn Peter zum Fischen auf. Er wollte noch einmal wie früher aufs Meer hinaus mit seinem Fischkutter. Draußen auf dem Meer klagte der alte Mann plötzlich über stechende Schmerzen in der Brust. Über Funk wurde beraten, was zu tun sei. Die Hooger Gemeindeschwester riet, man solle nach Pellworm oder nach Amrum zum Arzt fahren.

„Vater, was willst du?" fragte der Sohn.

„Mien Jung, ik will to Hus!"

Am Anleger von Hooge standen bereit, die helfen wollten. Da geschah es: Mit einem Fuß noch auf dem Schiff und mit dem anderen schon auf der Hallig – in diesem Augenblick griff der Tod nach dem Hooger Fischer. Er starb in den Armen seines Sohnes. Und er starb, wie er lebte – zwischen Land und Wasser, zwischen Meer und Hallig, die er gleichermaßen liebte und die unverwechselbar zu seinem Leben gehörten.

Als er zur Kirchwarft hinaufgetragen wurde, läutete die Glocke im friesischen Glockenstapel. Sie läutete eigentlich wie immer. Doch an jenem Tage schien ihr heller Klang wie ein fernes Echo des „Ik will to Hus", das der Wind über den Horizont trug.

Die höhere Klugheit des Windes

Auf den nordfriesischen Halligen erinnert man sich noch heute an einen Vogelwart. Jens Wand war sein Name. Er lebte über Jahrzehnte Sommer für Sommer auf Norderoog, der Brutstätte vieler Seevögel. Er liebte die Weite, suchte die Einsamkeit und mied den unnötigen Umgang mit Menschen. Nur eine Leidenschaft beseelte ihn – das Meer, die Natur und die Brutkolonien.

Sie nannten ihn den „Vogelkönig von Norderoog". Und er soll auf dem Eiland ein strenges Regiment geführt haben. Wattwanderer, die unbefugt die Vogelhallig betreten wollten und das Brüten der Seevögel störten, konnte er barsch zurückweisen. Wer ihn besuchte, hatte seine Anweisungen strikt zu befolgen. Aber so viel man über ihn zu erzählen wusste, was mich beschäftigte, war dies: Er wohnte dort in einem Container, dessen Holzkonstruktion winddurchlässig war.

Darauf kommt es da draußen an, den starken Seewinden möglichst wenig Widerstand zu bieten. Was winddurchlässig ist, übersteht die Stürme am besten. Der Vogelwart hatte erfahren, dass der Wind von See, wenn ihm kein Widerstand entgegengesetzt wird, seine Kräfte in der Weite und Leere des Raumes erlahmend zerstreut. Er wusste offenbar um die höhere Klugheit des Windes, der weiser ist als wir Menschen.

Es war Michel de Montaigne im ausgehenden 16. Jahrhundert, der in seinen Essais einmal von der "höheren Klugheit des Windes" gesprochen hat. Er meint: Um das Leben auszuhalten, ja meistern zu können, sollte sich menschliche Klugheit vor der höheren Klugheit des Windes beugen.

Worin aber besteht sie – die höhere Klugheit des Windes?

Montaigne sagt: „Der Wind, weiser als wir, liebt das Sausen und Brausen und begnügt sich mit seiner Bestimmung, ohne Dauer und Ruhe zu wünschen, die nicht seines Wesens sind."[13] Mit anderen Worten:

Erkenne, dass dem Menschen Grenzen gesetzt sind. Und nimm diese Grenzen bewusst an. Genieße das Gegebene maßvoll. Und bejahe das Leben in all seinen Erscheinungen, auch in Krankheit und Tod. Lass dir an deiner Bestimmung genügen. Kurzum: Werde offen und durchlässig für die höhere Klugheit des Windes.

13 Michel de Montaigne, Essais, Manesse Verlag, S. 874

Denn sie leitet dich an, dir deines eigenen Wesens bewusst zu werden, das rechte Maß zu erkennen, dem Verlangen nach immer mehr und immer höher und immer weiter Einhalt zu gebieten.

Wir Menschen brauchen die höhere Klugheit des Windes. Sie ist das notwendige Korrektiv in einer Welt, die aus dem Haben, nicht aus dem Sein lebt. Wir brauchen sie, um in uns die versteckten Mechanismen von Ehrgeiz und Gier, von Besitzenwollen und Maßlosigkeit aufzudecken. Wir brauchen sie, um zu erkennen, dass auf dem Grund allen maßlosen Begehrens nichts anderes zurückbleibt als „lauter Wind". Wir brauchen sie, um uns täglich daran erinnern zu lassen, dass man die wesentlichen Dinge des Lebens niemals besitzen, sondern sich nur schenken lassen kann.

Anklage

Es war an einem Augustsonntag. Nach dem Gottesdienst in der Halligkirche schloss ich mich Hooger Fischern an, die mit ihren Kuttern über See in die Unterweser nach Nordenham fuhren. Dort wollten sie an einer Demonstration und Protestbewegung teilnehmen. Die richtete sich gegen die Dünnsäureverklappung nordwestlich von Helgoland durch eine große Chemie-Fabrik, die in Nordenham ihren Sitz hat. Unsere Fischer hatten seit langem mit vielen anderen Berufskollegen festgestellt, dass immer mehr Fische von Flossenfäule und Geschwüren heimgesucht wurden. Die Umweltschäden waren eklatant und nicht länger hinnehmbar.

Nach einer sternklaren Nacht, die ich an Deck verbrachte, bot sich mir am nächsten Morgen ein faszinierendes Bild: Über sechzig Kutter von Holland bis Dänemark hatten sich in der Wesermündung vor der Pier der Chemie-Fabrik versammelt, um gemeinsam mit dem Schiff von Greenpeace ein Zeichen gegen die Dünnsäureverklappung zu setzen.

Diese Erfahrung hat mich tief bewegt und zu einer besonderen Psalmübertragung inspiriert. In den Jahren, die ich auf Hooge war, hatte ich biblische Psalmen mit der Halligwelt verbunden. Und so kam es, dass ich in Psalm 22, dem traditionellen Passionspsalm, unseren aktuellen Protest eintrug. Auf der Hallig wird er zum Aufschrei vor Gott gegen eine Haltung, die Natur und Kreatur ausschließlich unter dem Aspekt der Verwendbarkeit, der Nutzbarmachung und damit der Ausbeutung begreift. Mir war, als hörte ich das geschundene Meer selbst klagen, anklagen und schreien:

Mein Gott, mein Gott,
Warum hast du mich verlassen?
Ziellos treibe ich im Ozean,
Und meine Ruder sind gebrochen
Zum Gespött der Strömungen bin ich geworden
Und zum Gelächter derer,
Die ihren Unrat in mich hineinschütten.
Unter Fausthieben des Windes

FED.9
FED 12

Fahre ich dahin wie Treibgut,
Von Seepocken besetzt
Und umschlungen von Algen und Seemoos,
Ein Unterschlupf für Schnecken und Würmer.

Brandungen türmen sich rings
Und Wogen lecken begierig nach mir.
Eine Rotte von Haifischen
Hat sich um mich gelagert
Lauert mir auf Tag und Nacht.
Mit Kadmium gesättigt
Und getränkt mit Blei und Quecksilber
Schwollen mir die Organe
Schwarz von Geschwüren wurde mein Leib,
Dass Haut und Fleisch dahinschwanden.
Es riechen, es eitern meine Wunden,
Und meine Gebeine sind durchglüht
Wie von Brand.

Zur Müllkippe bin ich geworden
Wie einer, vor dem man ausspuckt
Und dessen Atem zuwider,
Ein offenes Grab für Kabeljau und Scholle,
Brandgans und Austernfischer.
Ich schreie: Gewalt!
Und bekomme nicht Antwort.
Ich rufe um Hilfe
Und finde kein Recht.

In ihren Parlamenten teilen sie
Meine Kleider unter sich,
Und werfen das Los um mein Gewand
In ihren Ausschüssen.

Aber du, Herr, sei nicht ferne.
Du meine Stärke, eile mir zu helfen.
Ich will erzählen, o mein Gott,
Selbst wenn die Haut an mir verätzt
Und mein Fleisch geschwunden,
Ich will erzählen von deiner Treue,
Denn du führst meine Sache.[14]

Advent

Als ich Knut Levsen begegnete, war er der älteste Halligbewohner. Mit ihm ist für mich unvergesslich eine adventliche Erfahrung verbunden:
Es war an einem kalten Dezembertag. Der Himmel hatte die Hallig in frostiges Leinen gewickelt. Wir saßen bei Tee und Halligknerken im Pesel, seiner guten Stube. Im Ofen brannte und knackte Strandholz, das er vor Monaten im Watt gefunden, getrocknet und ofengerecht zersägt hatte.

14 Dietrich Heyde, „denn du bist meine Warft“ / Halligpsalmen, Breklumer Verlag 1986, S. 20-21

Im Grunde war alles, was dieser Mann erzählte, so etwas wie eine Liebeserklärung an die Hallig. Sie hatte seinen Atem groß und weit gemacht. Denn ihm war schon in jungen Jahren so eng in der Brust, dass die Leute glaubten, er würde nicht alt. Eigentlich wollte er Schmied werden. In der Schule hatten sie ihm gesagt, das wäre ein gesunder Beruf. Aber nichts davon. Über dem offenen Feuer lag ständig Zug. Der trieb das Gas vom Feuer weg ihm ins Gesicht. „O dieser furchtbare Qualm!“, sagte er und holte tief Atem. „Tödlich war das für meine Lunge.“

Der erste Weltkrieg kam, und er wurde zur Infanterie eingezogen. „Aber da kam nichts nach“, sagte er lächelnd. Mit seinem Lungenbluten und kurzen Atem konnten sie ihn nicht gebrauchen. Dieser Krieg war aus für ihn, aber nicht der Krieg mit seiner Lunge; der fing erst richtig an und zog sich über Jahre hin. Nach Ende des zweiten Weltkrieges wurde er so krank, dass ihn ein Flieger von der Hallig ans Festland ins Krankenhaus bringen musste. Die Schwester, die ihn im Krankenhaus in Empfang genommen hatte, traf er nach Jahren wieder. Sie wundere sich, erklärte sie ihm, dass er noch lebe, das Blut sei ja man immer so gelaufen.

Aber dann eines Nachts, sagte er, sei es geschehen:

„Das war gegen halb drei oder halb vier, als ich aufwache. Da sehe ich eine Schrift an der Wand wie von Kerzenflammen, ein Spruchband, ungefähr neun Zentimeter breit, so quer rüber; und darauf stand:

‚Seid unverzagt, ihr habet die Hilfe vor der Tür,
der eure Herzen labet und tröstet, steht allhier.‘

Weg war's. Von Stund an ging es bergauf", sagte Knut Levsen. Und so war es. Wenige Tage später arbeitete er wieder im Heu. Eigentlich wehte es zu stark, um ins Heu zu fahren. Er tat es dennoch – den ganzen Tag. „Das gab Schweiß", meinte er.

„Und was kam danach?" – – – Der alte Mann lächelte:

„Da kam gar nichts nach – kein Lungenbluten, keine Lungenentzündung, nicht die geringste Verkühlung, gar nichts. Die Hilfe stand ja vor der Tür."

Advent! dachte ich. Sein Advent hat den jahrzehntelangen Krieg mit seiner Lunge beendet und ihr Frieden gegeben. Es war nicht mehr als ein Wort, die Verszeile eines adventlichen Liedes. Aber sie – ganz unmittelbar und leibhaftig erfahren – genügte, um zu gesunden und das Leben neu zu empfangen.

Advent? Wie das mitten im Sommer?

Warum denn nicht?! Gottes Termine stehen eben nicht in unserem Kalender. Gottes Zeit ist immer.

Dämmerstunde

Hannes Boysen von Backenswarft zog genüsslich an seiner Pfeife, die er mit süßem Tabak gefüllt und angesteckt hatte. Ich folgte der Bewegung aus blauem Dunst, den er in die Luft stieß, lauter hübsche Ringe, die aussahen, als hätte er geliebte Kinder aus seiner Nähe entlassen.

Mit ihm und Ipke Feddersen von Mitteltritt saß ich im „Friesenpesel“. Wir dachten an früher, wie man zusammen war in kleinen Friesenstuben – zur Dämmerstunde. Damals stiegen in geselliger Runde Geschichten auf wie Tabakrauch aus Tonpfeifen. Der sitzt heute noch in den Ecken und Ritzen spröder Deckenbalken und in den Fugen alter, vergilbter Fliesen.

„Dämmerstunden“, hatte mir der alte Boysen mal gesagt, seien Augenblicke – „an die kannst du den Kopf lehnen, die lassen dich die Unruhe und den Lärm der Welt vergessen“.

Und er erzählte:

Acht Jahre war er alt und hielt sich im Hause seines Großvaters Tade auf, als eine schwere Sturmflut die Hallig heimsuchte. Bei Vollmond und Sternenschein konnte der Junge in der Sturmnacht beobachten, dass der Nordwestorkan die Hallig in kürzester Zeit gepackt und unter Wasser gesetzt hatte. Schnell waren die Fethinge voll Wasser gelaufen und die wenigen Vorräte an Süßwasser verdorben. Eine meterhohe Brandung ließ Viehställe einstürzen und wegschwemmen.

„Großvater, Großvater!“ schrie er atemlos vor Aufregung und lief an das Bett, auf dem der alte Mann lag.

„Na, mein Junge, bist ja ganz außer Atem! Wie sieht’s denn draußen aus?“ ließ der sich hören, ohne die Augen zu öffnen.

„Alles abgesoffen, Großvater!“ sagte der Kleine.

„Was? Kann gar nich’ angehn. Hab’ eben noch rausgeguckt und da war hier vorn alles trocken.“

„Das ist alles Wasser, Großvater.“

„Gibt's doch nicht", brummte der Alte halblaut vor sich hin und erhob sich langsam, schlurfte in Holzpantoffeln zur Südertür, öffnete und – stand knöcheltief im Wasser.

„Donnerwetter! So hoch haben wir das ja noch nie gehabt", rief er, drückte die Tür schnell wieder ins Schloss und warf leise vor sich hinfluchend die Arme hoch und – legte sich wieder schlafen.

Der alte Boysen hielt einen Augenblick inne, nippte am Teepunsch und sagte lachend: „Ja, mein Großvater – der hatte die Ruhe weg. Er tat immer so, als könnten die Wasser nur auf Zehenspitzen kommen und als würde er mit dem Meer ganz auf ‚Du' stehen. Weiß der Himmel, ob's wirklich so war. Aber auf der Hallig hat ihm das den Ruf eingebracht, er würde Seite an Seite mit dem Meer schlafen.

Und für den Jungen damals, kannst mir glauben, war das eine große Beruhigung. Seine Ruhe und Gelassenheit in der Sturmnacht hatten größten Eindruck auf mich gemacht."

Friede aus Meerestiefen

Früher haben es die Menschen, die Aug' in Auge mit dem Meer lebten, noch gewusst", meinte Ipke Feddersen, „dass bei jeder Sturmflut das Meer etwas von seiner Seele preisgibt".

„Ja, einen Fingerzeig, ein Signal oder einen Funken. Aber ist verdammt schwer zu erklären“, bestätigte der alte Boysen und erzählte:

Sönke Iversen, der später nach Amerika ausgewandert ist – der habe einmal erlebt, wie die aufgewühlte See jahrelang zerstrittene Herzen zweier benachbarter Familien öffnete und verwandelte. In einer Sturmnacht sei das geschehen, als der Himmel tief hing und Blitze ins Meer fuhren, die die Wasser aufrührten, und milchweißer Schaum auf den Wellen lag. Seither hat Sönke behauptet, das Meer stille unser Dürsten nach Frieden.

Und als ich ihn fragte, wie er das denn meine, erklärte er:

„Das Meer, musst du dir vorstellen, ist ein lebendiger Organismus. Ein Organismus, der wie du Schmerz empfindet, voll Sehnsucht ist und eine Stimme hat. Ja, auch das Meer hat eine Sprache. Aber es ist eine Sprache ohne Alphabet. Unhörbar ist die Stimme der Wasser. Dennoch kannst du wahrnehmen – ein flüsterndes Schweigen, das aus der Tiefe kommt.“

Davon war Sönke Iversen überzeugt: Wenn sich die Wellen meterhoch auftürmen und die Wogenkämme schneeweiß werden, wenn Orkanböen dir die Gischt ins Gesicht treiben und den Salzgeschmack auf die Lippen, dann würden Kräfte der Stille aufsteigen, die in der Tiefe sind. Und Fetzen dieser heilsamen Stille, so glaubte er, würden durch die Haut des Meeres nach oben dringen und versöhnend auf die Menschen einwirken.

Und dann konnte Sönke, so oft er daran dachte, gar nicht genug darüber staunen, dass es just die Stille gewesen sei, also das Schweigen in Meerestiefen, das den verfeindeten Familien die Zungen löste und ihnen die Sprache wiedergab.

Hannes Boysen hielt einen Augenblick inne, schaute in die Runde und sagte dann:

„Ich habe, wenn ich ehrlich bin, Sönke diese Geschichte nie ganz abgekauft. Aber eines Tages habe ich selbst erlebt, wie zwei Männer auf einer Warft – die hatten einen erbitterten Rechtsstreit und kein Wort mehr miteinander gesprochen, bis ein gewaltiger Orkan über sie kam. Der löste ihnen tatsächlich die Zungen:

‚Lebst du noch?' rief der eine hinüber.

‚Ja, ich lebe noch', trug der Wind es dem anderen zurück.

‚Und du?'

‚Ich auch.'

Von jenem Tage an haben die verfeindeten Männer wieder miteinander geredet und die Aussöhnung konnte beginnen.

„Ist wohl so", meinte nachdenklich Ipke Feddersen – „im Sturm sollen sich legen unsere stolzen Wogen."

Das siebte Gebot

Letzten Sommer hatten wir auf Kirchwarft einen Chor aus Chicago zu Gast", nahm ich den Gesprächsfaden wieder auf. „Wisst ihr, was das für Leute waren?"

„Hoher Besuch", witzelte Ipke Feddersen.

„Kann man wohl sagen“, erklärte ich lächelnd. „Das waren Nachkommen der Menschen, die einmal hier lebten und nach der großen Sturmflut 1825 nach Amerika ausgewandert sind, um der Not und Armut zu entgehen. Sie wollten Land und Meer sehen, haben sie gesagt, wo ihre Vorfahren einst gelebt hatten und von wo sie aufgebrochen waren.“

„Stimmt! Ganz elend dran waren die Bewohner der Halligen nach der Sturmflut 1825“, meinte Ipke. „Eine meterhohe Brandung hatte die Bewohner bei dieser Flut genötigt, auf die Böden ihrer Häuser zu flüchten, schreibt der Chronist. Und einige hätten sich und ihre Kinder sogar mit Stricken aneinander gebunden, damit die Wellen sie wenigstens im Tode nicht voneinander trennen, heißt es.“

„Ja, ja, vierundzwanzig Menschen haben bei dieser Flut allein auf Hooge ihr Leben verloren“, warf Hannes Boysen ein. „Danach herrschte eine verdammt große Armut.“

„Da fällt mir eine Geschichte ein“, sagte Ipke Feddersen. „Ja, eine über den Pastor, der nach der Sturmflut 1825 auf die Hallig kam. Sein Bild hängt heute noch in der Kirche“ - - -

„Du meinst den Pastor Koch?!“ fiel ihm Hannes Boysen ins Wort und schmunzelte.

„War der nicht vom Konsistorium mit besonderen Vollmachten ausgerüstet und beauftragt, dem stark um sich greifenden Alkoholmissbrauch den Garaus zu machen?“

„Genau den meine ich“, fuhr Ipke fort. „Die Not nach der Sturmflut hatte nicht wenige in die Arme des Saufteufels getrieben. Und was machte der Pastor? Er gründete einen ‚Mäßigkeitsverein'."

„Mä-ßig-keits-ver-ein!" wiederholte Hannes so genüsslich, als wäre jede Silbe ein Schluck Teepunsch, und fing zu lachen an.

„Ja, so hieß das", sagte Ipke. „Jeder, der diesem Verein beitrat, verpflichtete sich durch Unterschrift, keinen Alkohol mehr zu trinken und keinen Alkohol mehr auszuschenken. Daraufhin hatte ein pfiffiger Hooger Kaufmann seinem Händler in Husum signalisiert:

‚Hör mal! Wenn du die Kruke mit Branntwein schickst, dann schreib da gefälligst ‚Essig' drauf'.

Aber dieser Pastor, offenbar mit einer findigen Nase ausgestattet, kam dahinter. Er entdeckte das Fass und goss es aus, dass sich das Gras gelb färbte und verdorrte, und rief: ‚Seht ihr! So verbrennt und verdorrt eure Seele, wenn ihr weiter sauft!'"

„Ja und einmal", fuhr der alte Boysen lachend fort, „zitierte dieser Pastor einen Konfirmanden zu sich, dem nachgesagt wurde, er habe etwas gestohlen.

‚Kennst du das siebte Gebot?' fragte er ihn.

Der Junge nickt.

‚Na und, wie heißt es?'

‚Sie soll´n nicht stehlen.'

‚Was? Wie heißt das siebte Gebot?'

‚Sie soll´n nicht stehlen', wiederholte der Konfirmand.

‚Nein, du sollst nicht stehlen!' - - - Darauf der Junge:

‚Dat weet ick wull. Awer, ich much man nich du to uns Paster seggen.'"

Meerstrandwegerich und geele Köm

„Man sagt", rief Hannes Boysen gut gelaunt, „dass die erste Tasse Teepunsch Lippen und Kehle feuchtet und die zweite die Einsamkeit zerbricht – dass die dritte die Zungen löst und dich die vierte den Lärm der Welt vergessen lässt – die fünfte in die Eingeweide dringt und Unbewusstes nach oben spült und die sechste dich so in Schweiß bringt, dass durch die Poren alles Unrecht dieses Lebens abzieht. Die siebte Tasse Teepunsch aber macht dir die Erde zu einem kleinen Stern, und es verschwimmen alle Konturen und Horizonte des Augenblicks. Danach bist du wie einer, der sich auf hoher See schlafen legt."

„Sagt, bei welcher Tasse sind wir?" fragte Hannes.

„Bestimmt längst bei der, die uns den Lärm der Welt vergessen lässt", erwiderte Ipke und lachte. „Oder schon bei der, die uns – wie hieß das doch gleich? Ach ja – die uns in die Eingeweide dringt – oder?"

„Schau nicht auf den Krug, sondern auf den Inhalt", konterte Hannes in einem Tonfall, als hätte er die Worte mit spitzen Fingern angefasst, und nahm den Deckel der Kanne ab, sah hinein und sagte:

„Nicht mehr viel!"

„Aber bestimmt mehr, als wenn es weniger wäre", warf Ipke ein und brach in schallendes Gelächter aus. Dann zog er unbemerkt ein Fläschchen aus der Tasche, trank einen Schluck und sagte in gedämpftem Ton:

„Seehundstran. Den trinke ich schon seit Jahren. Ist gut gegen Rheuma. Tun auch die Inuit und wissen warum. Volquardsen von Ipkenswarft hat auch immer einen Flachmann mit Seehundstran bei sich“ ---

„Früher hat man hier auf der Hallig sogar ‚Suden’ gegessen“, fiel ihm der alte Boysen ins Wort und versah das „S“ von Suden mit einem scharfen Zischlaut.

„Die sind verdammt bekömmlich.“

„Stimmt!“ sagte ich. Denn irgendwo hatte ich gelesen, dass man „Suden“, den Meerstrandwegerich, in Notzeiten als Spinat gegessen hat. Als den Halligbewohnern das Gemüse vom Festland zu teuer war, hat man die Suden gekocht und mit gekochten Eiern gegessen.

„Da fällt mir ein“, sagte Hannes, – „ein Gast aus Süddeutschland bekam auch mal Suden mit Eiern vorgesetzt.

‚Schmeckt ganz vorzüglich’, soll er gesagt haben.

Als er dann aber hörte, was er gegessen hatte, schrieb er nach Süddeutschland:

‚Habe heute gekochtes Gras mit Eiern gegessen. Wäre ich im Winter hier gewesen, hätte ich sicher Heu essen müssen’.“

Fiede

Der Küche des „Friesenpesels“ entströmte ein intensiver Duft von gestovten Kartoffeln und Porrenfrikadellen, dem traditionellen Essen zur Dämmerstunde. Der teilte sich unseren Nasen so verlockend mit, dass unsere Mundgewässer zur Springtide zusammenliefen. Hannes Boysen nutzte die Unterbrechung und bestellte eine weitere Kanne Tee. Ipke Feddersen wischte sich den Schweiß von der Stirn, straffte sich und begann mit einem kleinen Kamm seinen Bart zu bearbeiten. Dann fragte er mit hochrotem Kopf und einer Stimme, aus der jede Heiterkeit entwichen schien:

„Wisst ihr noch, Kameraden? Gegen sechs Uhr dreißig morgens heulte die Sirene auf. Feuer auf Mitteltritt!“

Okke Jespersen hatte das Feuer als erster entdeckt, erinnerte ich mich. Er sah, dass dicker Rauch aus dem Scheunendach quoll und schlug Alarm. In kürzester Zeit war die Freiwillige Feuerwehr von Hooge mit zwei Pumpen am Brandort.

„Wir konnten zunächst gar nicht an den eigentlichen Brandherd herankommen“, sagte Ipke. „Dazu mussten wir erst das Eternit-Gehäuse der Scheune zerschlagen. Eile und Vorsicht waren gleichermaßen geboten. Denn zu verhindern war, dass das Feuer auf das Wohnhaus übergreift.“

„Aber wir hatten noch Glück“, meldete sich der alte Boysen zu Wort. „Ein scharfer Wind aus Süd hielt Rauch, Feuer und Hitze vom Wohnhaus fern.“

Wir waren mit unseren Gedanken noch beim Scheunenbrand, als Fiede Bahnsen, der Halligpostbote, in der Tür stand. Ein kupferner Schein des Mondes lag auf seinem gebräunten Gesicht. Er pustete und schien ganz außer Atem.

„Ist viel Wind aufgekommen. Gibt wohl noch Sturm!“ rief er und sah in die Runde. Unsere Gesichter glühten. Doch müssen sie in den letzten Minuten einen ernsten Ausdruck angenommen haben. Denn Fiede fragte ganz unverblümt:

„Was schaut ihr so griesgrämig und abgesoffen, als hätten eure Gedanken Landunter?“

„Sag lieber, wo du herkommst“, fragte Hannes Boysen zurück und zog einen Stuhl an unseren Tisch:

„Setz dich, alter Rundlöper!“

Sie nannten ihn „Rundlöper“, weil er schon als Zwölfjähriger von Warft zu Warft gelaufen war, um Nachrichten wie die Geburt eines Kindes zum Beispiel in die Häuser zu tragen. Seither haftete ihm dieser Name an.

„Komm gerade von Heinke“, meinte Fiede. „Wollte sehen, wie's ihr geht nach der Operation.“

„Na und? Wie geht's ihr?“

„Sie sagt: ‚De Gall is rut, awer dat Gift is blewen‘.“

Ich kann mich nicht erinnern, Fiede mal traurig oder auch nur verstimmt gesehen zu haben. Er war eigentlich immer freundlich und gut aufgelegt. Und nie fehlte es ihm, wohin er kam, an aufmunternden Worten oder einem Scherz. Ich glaube, er hatte flüssigen Sonnenschein in seinen Adern.

„Riecht nach Porrenfrikadellen – komm wohl gerade richtig“, meinte Fiede, setzte sich und bestellte zum Essen ein Glas Buttermilch. Als wir, erstaunt über die Wahl seines Getränks, missbilligend die Augenbrauen hochzogen, erzählte er:

Vor Jahren habe ein hohes Tier, ein Ministerpräsident, der Urlaub auf einer der Halligen machte, in einer Gastwirtschaft gesessen, die mit einem Bauernhof verbunden war. Dort sah er, wie verschiedene Getränke ausgeteilt wurden, Köm, Pharisäer, Tote Tante und andere friesische Spezialitäten. Damit schien er sich auszukennen. Doch als die Wirtin ein Glas mit einer weißen Flüssigkeit servierte, fragte er, was das denn sei.

„Dat is Bottermelk“, erklärte die Wirtin.

Die möchte der Gast auch haben. Als er nach zwei Gläsern bezahlen wollte, meinte die Wirtin: „Dat kost nix.“

„Das kostet nichts“? fragte der Gast erstaunt. „Und warum nicht?“

„Ja, wenn Se dat nich drunken harrn, denn harr dat uns Swien kreegen.“

Hannes Boysen schüttelte sich vor Lachen. Er, der zur Dämmerstunde alles tolerierte, nur keine leeren Teepunschtassen, schenkte neu ein, als plötzlich die Wirtin des Friesenpesels vor uns stand.

„Gut, dass du kommst“, ergriff Fiede das Wort.

„Weißt du, was ich jetzt gerne hätte? – Nein, nein, das errätst du nicht?! ---

Eine angespülte Apfelsine hätte ich jetzt gerne, jawohl, eine Apfelsine von einem Apfelsinenfrachter, dem im Sturm seine

Ladung über Bord gegangen ist, verstehst du? Das waren noch Zeiten, als unsere Strände damit gesegnet waren."

„Sturm, Fiede, Sturm kannst du kriegen", erwiderte die Wirtin, „aber ein Nachtisch ist nicht mehr drin. Wir haben eben Warnung für eine Sturmflut bekommen. Zweieinhalb Meter über Normal sind angesagt."

Zuflucht

Am 24. November 1981 gegen 6.30 Uhr morgens ruft der stellvertretende Bürgermeister von Hooge an und sagt: „Wir haben Warnung für eine schwere Sturmflut bekommen. Die Hallig ist schon blank."

Von der Zeit her ist Niedrigwasser – und schon Landunter? Wie wird es dann sechs Stunden später bei Hochwasser aussehen, denke ich und höre draußen das Tosen und Pfeifen des Windes aus Südwest. Im Morgengrauen fange ich an, die Warft zu sichern. Zunächst die Kirche, stumme Zeugin der Flutkatastrophe von 1634 und vieler Sturmfluten danach. Die Südtür wird zugeschraubt, der Strom für die Kirche abgeschaltet. Zuletzt kommen noch einige Sandsäcke vor die Tür.

Ich schaue mich um und sehe – die Hallig ist längst vollgelaufen und ein Teil des Meeres geworden. Nach kurzer Zeit haben die Wellen Warfthöhe erreicht. Und dann schießen von Orkanböen getriebene Wellen über den kleinen Friedhof hinweg, brechen sich

schäumend im Staket und erfüllen die Luft mit Wasserstaub. Der Friedhofszaun wird zum Wellenbrecher. Dahinter eine mächtige Strömung, die voll über die Hallig hinweggeht. Als um zwölf Uhr mittags das Wasser seinen Höchststand erreicht, höre ich im Radio, dass Orkanböen mit einer Windgeschwindigkeit von 140/150 Stundenkilometern über Inseln und Halligen hinwegfegen.

Bei dieser Sturmflut habe ich erlebt, wie Mensch und Tier in der Gefahr zusammenrücken und die Warften zu rettenden Archen werden: Ein Austernfischer hat sich im Staket verfangen. Für Sekunden halte ich ein zappelndes Wesen aus Angst und Gefieder in meinen Händen, dann ist es wieder frei. Und als der Sturm am heftigsten tobt, sehe ich schutzsuchende Enten nah der Hauswand und Hunderte von Möwen im Windschatten der Warft.

Damals habe ich verstanden, was das eigentlich und wörtlich meint – eine „Zuflucht" haben. Und die Warft ist mir zu einem Bild und Gleichnis der Geborgenheit geworden. Es braucht in jedem Menschenleben eine Warft, ein rettendes Element, um das Leben meistern und den Stürmen standhalten zu können. Der Halligpsalm drückt das so aus:

> Der Herr ist meine Warft,
> Meine Zuflucht inmitten des Meeres.
> Er leitet mich, wenn ich Watten durchziehe,
> Und bei aufkommendem Nebel
> Lässt er mich nicht aus den Augen.
> Er lässt mich immer wieder heimkehren
> Um seines Namens willen.

Und wenn von Nordwest
Des Todes gewaltige Fluten kommen
Und die kleine Hallig überwinden,
Fürchte ich mich nicht,
Denn du bist meine Warft,
Mein Schutz im Brüllen der Wogen.[15]

Fürchte dich nicht!

In Hamburg wohnte ein Mann mit Namen Bandik Feddersen. Der besuchte Sommer für Sommer seinen Bruder auf der Hallig. Dabei hatte er die Gewohnheit, von der Insel Föhr aus anzureisen. Als er das im Sommer 1919 tat, fiel er über Bord und geriet in so große Lebensgefahr, dass er sich im Meer verloren glaubte. In allerletzter Sekunde jedoch konnte er aus den Wassern gerettet werden.

Dankbar und glücklich über seine Rettung stiftete er der Halligkirche ein farbiges Glasfenster. Das erzählt eine biblische Rettungsgeschichte. Petrus, der Jünger Jesu, ist da zu sehen, wie er im Meer zu versinken droht. Hilfe suchend streckt er die Hände aus und schreit in seiner Angst: „Herr, rette mich!" Und Jesus, der auf den Wellen steht, die lebensbedrohlichen Wasser unter seinen

15 Dietrich Heyde, „denn du bist meine Warft"/ Halligpsalmen, a.a.O., S.22

Füßen, ergreift die ausgestreckte Hand des Jüngers, hält ihn und sagt: „Du Kleingläubiger, warum hast du gezweifelt?“[16]

Der Hilfeschrei des Jüngers vom See Genezareth war wohl auch Bandiks Schrei in der Gefahr. Jedenfalls muss er sich dem sinkenden und von Jesus geretteten Petrus sehr nahe gefühlt haben.

In den Jahren auf Hooge hat mich die kleine Halligkirche täglich begleitet. Ich genoss in ihr die Stille, wenn am späten Nachmittag der Strom von Tagesgästen verebbt war. Und sooft dann mein Blick auf das nördliche Glasfenster fiel, trugen mich die Flügel der Stille an den Ort des biblischen Wortes:

Dorthin, wo Jesus seine Jünger antrieb, ohne ihn über den See zu fahren und wo sie dann in einen Sturm gerieten und die ganze Nacht vergeblich gegen Wind und Wellen kämpften; dorthin, wo Jesus sich auf den Wassern dem Schiff näherte und wo dann das Unfassbare geschieht, dass Petrus sagt:

„Herr, bist du es, so befiehl mir, zu dir zu kommen auf das Wasser.“

Und als Jesus spricht: „Komm!“ – da steigt der Jünger aus dem sicheren Schiff, lässt alles Eigene los und geht über die Wasser auf Jesus zu. Petrus wagt es – allein auf Jesu Wort hin. Es ist dieser kurze und doch ewige Augenblick im Leben des Jüngers, der mich immer neu fasziniert und gestärkt hat:

Jahrtausende geht und steht auf den Wellen Jesus und spricht: Komm! Geh nur hinaus auf die Wellen der empörten Zeit. Geh, wo kein Weg zu sein scheint. Sein Wort wird dir eine Straße über

16 Matthäus 14,31

die Wogen bauen, auf der du sicher gehen kannst. Doch sieh nicht auf die Wut der Elemente. Sieh auf Jesus! Alles, was dir Angst macht, ist unter seinen Füßen. Nicht Wellenschlag noch Sturmwinde sind es, die verwirren. Es ist allein die Furcht in dir, wenn die Wasser steigen.

Fürchte dich nicht!

Der Zwischen-Ton

Im Sommer 1919 besuchte Emil Nolde Hallig Hooge. Er liebte, wie er später in seiner Autobiographie schrieb, „den atmenden Wechsel von Ebbe und Flut und das Wattenmeer mit dem Lauf seiner Priele und die Geschichte der verschlammten Ruinen von Rungholt und all der anderen von Sturmfluten zerstörten Dörfer und Gehöfte".[17] Seither haben Maler und Bildhauer immer wieder mit Vorliebe die Halligwelt aufgesucht, um sich von ihr inspirieren zu lassen. Juli 1986 kam aus Münster mit Wolfgang Reuter ein Künstler nach Hooge, der die Halliglandschaft mit Bildern aus Ton interpretierte.

Die Begegnung mit ihm wurde mir bedeutungsvoll. Warum?

Als ich seine Arbeiten sah, war ich erstaunt, wie komplex und eigenwillig die Ausdrucksmöglichkeiten von Keramik sind. Da war nicht nur die reliefartige Gestaltung der Bildoberfläche, die meine Phantasie beflügelte. Und nicht nur der Farb-Ton mit seinen vielen feinsinnigen Zwischentönen, die mich überraschten. Noch etwas anderes beschäftigte mich.

Dem kam ich auf die Spur, als Wolfgang Reuter mir erklärte, er müsse sich in seinem Arbeitsprozess auf das Unberechenbare einlassen. Ich horchte auf und fragte ihn, was er damit denn meine?

Wer kreativ mit Ton arbeite, erklärte er, der stoße fortlaufend auf die Grenzen dessen, was berechenbar ist:

„Du musst die Grenze des Kalkulierbaren überschreiten.

17 Emil Nolde „Mein Leben", Du Mont Verlag Köln 1979, S. 330 f

Denn in dem Augenblick, wo der vorbereitete und glasierte Ton in den Ofen kommt und bei 900 bis 1180 Grad gebrannt wird, gestalten Feuer und Hitze in einer menschlich nicht mehr berechenbaren Eigendynamik mit", meinte er. Darum sei jedes Stück einmalig, jedes eine eigene, nicht wiederholbare Arbeit.

Auch äußere sich das Unberechenbare darin, dass Gefäße und Platten in der hohen Brenntemperatur leicht Sprünge bekämen und reißen. Es sei eben nichts berechenbar, nichts vorhersehbar. Wie im Leben – oder? Als er dies sagte, umspielte ein bitteres Lächeln seine Lippen.

„Es ist so", erwiderte ich. „Wir Menschen gleichen dem Ton, der großartig ist in seinen Möglichkeiten und vielseitig verwendbar, doch leicht Risse bekommt und …"

„Es hat für mich Augenblicke gegeben", fiel er mir ins Wort, „da habe ich bis ins Mark hinein meine Zerbrechlichkeit gespürt. Man muss nicht erst am Tode, man kann schon am Leben zerbrechen. Aber sag, muss nicht da, wo Menschen sind, auch ein Töpfer sein, der selbst mit zerbrochenen Gefäßen etwas anfangen kann und will?"

„Nicht auszudenken", erklärte ich, „was Gott aus den Rissen und Trümmern unseres Lebens machen kann, wenn wir uns ihm ganz überlassen. Denn: ‚Nahe ist der Ewige denen, die zerbrochenen Herzens sind und den Niedergeschlagenen hilft er'[18]."

18 Psalm 34,19

Das Holz der Arche

Die Sonne hängt fingerbreit überm Meer, eine rötliche Scheibe zwischen Ipkenswarft und Westerwarft, als die Abendfähre am Hooger Anleger festmacht. Junge Bildhauer/innen der Fachhochschule für Gestaltung kommen mit ihren Lehrern Jan Koblasa und Uli Lindow, um im Rahmen eines Symposions eine biblische Geschichte künstlerisch in den Raum der Halligwelt zu übersetzen. Ihre Wahl ist auf die Noahgeschichte gefallen, die von Sintflut und Arche erzählt (1.Mose 6-9).[19]

Es fällt nicht schwer, sich inmitten der Weite, vor allem aber angesichts der Stürme und Landunter die Warften als Archen vorzustellen. Eingedenk der großen Sturmfluten der Vergangenheit ist es, als hätten die Halligbewohner die Geschichte von Sintflut und Arche, von Untergang und Rettung am eigenen Leibe erfahren. Denn immer wieder sind die Wasser geradezu sintflutartig über die nordfriesischen Lande gekommen.

Ein Trecker fährt zwei voll beladene Hänger mit Holz vom Schiff. Das Holz des Baumes ist nicht stumm, sondern redet. Es sei, erklärt mir Uli Lindow, eine Art Partner, mit dem du ein Gespräch führen kannst. Er arbeite nicht gern mit Maschinen an so einem Holz, zeigt auf die Jahresringe und Phasen und meint, dass ihn nur Handarbeit in Kontakt zu dem Holz bringe. Mensch

19 Dietrich Heyde, Flutzeiten / Zeitfluten, Ein Halligtagebuch zur Noahgeschichte, Breklumer Verlag 1985

und Baum brauchten Zeit, bis sie sich aneinander gewöhnt hätten. Erst dann würden sie zusammenarbeiten.

Wie kraftvoll das Holz des Baumes zu reden versteht, haben mir dann die künstlerischen Arbeiten der Studenten verdeutlicht: Das räumliche Ausmaß der Arche – paarweise Tiere: Vögel, Erdtiere, Gewürm bzw. Fische – der Regenbogen – der aus den Todesfluten hervorgehende und einen neuen Anfang setzende Mensch – die „Augen im Priel“, die den Himmel spiegeln und ihn auf die Erde bringen – und der trunkene Noah mit seinen drei Söhnen.

Facetten- und ideenreich zeigen die Skulpturen, was auch in Gesprächen thematisiert worden ist: Die Arche Noahs ist als Rettungswerk ein Bild des Anfangs, der Hoffnung, der Zukunft.

Doch fragte eine Studentin einmal aus einem Gespräch heraus, warum es denn für die Zurückgebliebenen keine Rettung gegeben habe? Warum so viele umkommen mussten?

Diese Frage, erklärte ich, haben die Menschen schon vor zweitausend Jahren gestellt und dann diese Geschichte erzählt:

„Als Gott den Bau der Arche befahl, fing Noah an, Zedern zu pflanzen. Die Menschen fragten ihn, was das bedeute. Und Noah sprach von der drohenden Flut, die über alle kommen würde. Sie aber verlachten ihn. Noah pflegte die Bäume Jahr um Jahr, bis sie groß geworden waren. Immer wieder wurde er gefragt, wozu die Bäume seien. Er wiederholte seine Worte und wurde verhöhnt.

Endlich fällte Noah die Zedern, begann sie zu zersägen und baute die Arche. Die Menschen umstanden ihn und spotteten über ihn. Und keiner wollte an die kommende Flut glauben.“[20]

Es gab also auch für die Zurückgebliebenen Rettung. Es gibt immer eine Frist zur Umkehr. In jeder Krise. Die kann so dick und so hoch sein wie ein Baum von hundertzwanzig Jahren. Vielleicht auch kürzer. Doch ist es merkwürdig mit uns Menschen. Was von Gott als schwimmende Brücke zwischen Vernichtung und Rettung, Ende und Neuanfang gesetzt ist, wird von vielen als lächerlich, unbedeutend oder als fromme oder idealistische Spinnerei abgetan. Woran liegt das? Verdrängen wir Umbruch und Ende, wie wir den Tod verdrängen und alles, was Umkehr erfordert? Was macht uns so blind für die Zeichen Gottes?

Ist es dies, dass sie so unauffällig und alltäglich daherkommen?

Der Ausstellungssommer mit den Skulpturen der Bildhauer/innen hat zeichenhaft deutlich gemacht, wie klein, alltäglich, scheinbar unbedeutend Gottes Rettung und Neuanfang zunächst aussehen können. Du kannst sie leicht übersehen und meinen, sie nicht zu brauchen oder sie gehen dich nichts an.

Vielleicht sollten wir Menschen einfach baumhungriger sein und auf das Kleine und Geringe, auf das Natürliche und Unscheinbare Acht haben. Also von unten her sehen, wachsam aus der Tiefe leben und in Meerestiefen die „Arche“, das rettende Ele-

20 Die Sagen der Juden, gesammelt von Micha Josef Bin Gorion, Insel Verlag Frankfurt a.M. 1962, S. 141

ment, nicht aus den Augen lassen. Denn – das Holz der Arche, das Holz der Krippe und das Holz des Kreuzes sind von derselben Art.

Seezeichen

Ich traf Ole Onken, den alten Fahrensmann und leidenschaftlichen Segler, auf der Fähre, der „Utlande". Wir waren in der Kantine, vertieft im Gespräch, als das Fährschiff nah bei Schlüttsiel plötzlich auf Grund lief und in der von Pricken gekennzeichneten Fahrrinne festsaß. Ein starker Ostwind hatte alles Wasser aufs Meer hinaus getrieben. Nun mussten wir uns in Geduld üben und warten, bis die „Utlande", wieder genug Wasser unterm Kiel hatte. Dass dies Stunden dauern konnte, störte Ole überhaupt nicht. Ich dagegen wurde immer unruhiger, weil ich befürchtete, nicht mehr rechtzeitig zu meiner Verabredung am Festland zu kommen.

„Bleib ruhig!" sagte er lächelnd, als er meine Unruhe merkte. „Du weißt doch, hier draußen musst du Zeit haben. Und – solange du nicht im Leben auf Grund läufst und festsitzt, ist doch alles in bester Ordnung. Oder?"

Ja, Ole verstand zu warten und behielt immer die Ruhe. Ich kannte ihn von früher.

Vor Jahren hatte er mich einmal zu einem Segeltörn von Hooge nach Pellworm eingeladen. Wir hatten herrlichen Sonnenschein, als wir losfuhren. Alles schien gut. Doch auf der Heimfahrt überfiel uns ein Unwetter. Plötzlich aufkommende Winde peitschten die Wellen in die Höhe. Die nahmen unser kleines Boot auf ihre kalkweißen Schultern und schüttelten es so kräftig durch, dass mir angst und bange wurde. Doch er hielt Kurs und verlor, als ihm die See alles abverlangte, keinen Augenblick die Ruhe.

Irgendwann habe ich Ole dann einmal gefragt, wie er es eigentlich schaffe, auf See immer ruhig und gelassen zu sein. Das Meer, hat er mir geantwortet – das Meer sei wie ein Buch voll tiefer Geheimnisse. Es muss sich dir erst aufschließen. Du musst seine Buchstaben lesen, seine Zeichen deuten können, wenn du auf See bestehen, Kurs halten und dein Ziel erreichen willst. Und dann erzählte er, wie bei ihm alles begonnen hat:

„Als ich segeln lernte, versuchten Freunde, mir Bojen und Leuchtfeuer auf See zu zeigen. Ich blickte mich um, sah aber nichts. Denn mir war nicht klar, wonach ich Ausschau halten sollte und worauf es eigentlich ankam. Aber dann kam der Tag, wo sich das änderte. Ich sah das erste Zeichen und Licht, dann ein anderes, bis sich mir die See ganz öffnete. Und dann erschienen Bojen, Leuchtfeuer und Blinklichter überall."

Oles Erfahrung wurde mir zum Bild und Gleichnis für das Leben. Wie willst du im Meer des Alltags bestehen und seinen Herausforderungen gewachsen sein, wenn du nicht um die „Seezeichen" weißt? Besonders in Stürmen und Krisen wird deutlich, wie unverzichtbar sie sind. Wer sie nicht beachtet, wird „auf Grund laufen" und „festsitzen" oder gar „Schiffbruch erleiden".

Hochzeit des Meeres

Von Mitteltritt waren die beiden Männer, die auf Kirchwarft ein Grab aushoben. Sie gruben und sie gruben tief, als sie in der Tiefe einen Fund machten, der mich in fragendes Erstaunen versetzte. Denn soviel war noch zu sehen, dass sich zwei Menschen fest umschlungen hielten, als sollte sie, wie im Leben vereint, auch der Tod nicht trennen.

Dem Grabregister der Hallig entnahm ich, dass es sich bei den Toten um den Postschiffer Hans Christian Ingwersen und seine Frau Auguste, geborene Steensen handelte. Auch ließen mich die Kirchenbücher wissen, dass die beiden am selben Tag gestorben waren, er an Herzschwäche und sie an einer Geschwulst. Dass ein Grabregister die Todesursache benennt und offenlegt, ist ungewöhnlich und machte mich stutzig. Irgendwie hatte ich das Gefühl, als sollten die allzu präzisen Angaben die wahren Umstände ihres Todes verschleiern. Etwas Dunkles, Geheimnisvolles schien über beider Tod zu liegen. Und ich beschloss, über Leben und Sterben der Ingwersens mehr in Erfahrung zu bringen.

Zwischen den Weltkriegen, in den zwanziger und dreißiger Jahren, war Hans Christian Ingwersen Postschiffer zwischen Hallig Hooge und der Insel Pellworm. Knochenarbeit war in jenen Tagen der Postschifferdienst. In harten Wintern ging es über Eis zur benachbarten Insel und zurück. Und selbst wenn die Hallig unter Wasser stand, bei Landunter, wurden Briefe und Pakete, manchmal auch wichtige Medikamente zugestellt. Und da Hooge keinen Arzt hatte, musste der Postschiffer so manchen Kranken zur ärztlichen Behandlung nach Pellworm segeln.

Irgendwo in geheimnisvoller Tiefe, verborgen unter Mühsal und Arbeit wie unter schwerem Eis und Sturm, liegt, was das Glück dieser Menschen ausmacht. Es aus der Tiefe nach oben, ins Licht des Erklärbaren zu ziehen, würde als Verrat an diesem Glück empfunden. Ihre Jahre haben etwas vom Gezeitenstrom, der kommt und geht, anspült und wegspült, der gibt und nimmt. Solange du jung bist und im Vollbesitz deiner Kräfte, hast du das Gefühl, der Gezeitenstrom würde dir mehr geben als nehmen, mehr anspülen als wegspülen. Im Alter aber, wenn die Jahre kommen, von denen du sagst, sie gefallen mir nicht, gleichst du einer Abbruchkante, aus der die Wasser Stück um Stück, Ecke um Ecke, Kante um Kante herausbrechen – bis dich am Ende, ganz am Ende das Meer aufnimmt und empfängt mit dem Kuss seines Mundes.

Der zweite Weltkrieg war zu Ende und Hans Christian Ingwersen hatte seinen Dienst als Postschiffer aufgegeben, als er und seine Frau Auguste die Last der Jahre immer stärker und schmerzhafter spürten. Doch was das Gezeitenmeer von ihnen im Alter auch zurückfordern würde, dies stand fest für sie – die Hallig wollten die beiden nicht verlassen. Der Tag aber sollte kommen, an dem dies geschah.

„Kommt ans Festland!“ hatte Max Thomsen, ein Verwandter von Auguste Ingwersen, gesagt. Und immer wieder: „Kommt zu

uns – ans Festland! Wir bauen euch die Stube aus. Hier habt ihr alles, was zum Leben nötig ist.“

Hans Christian und Auguste Ingwersen zögerten lange. Immer wieder schoben sie ihre Entscheidung hinaus. Doch gaben sie am Ende dem Drängen von Max Thomsen nach und folgten der Einladung, die ja durchaus vernünftig schien und aufrichtig gemeint war. Sie verließen die Hallig – wiewohl eine innere Stimme ihnen riet, es nicht zu tun.

Zwei oder drei Jahre mögen es gewesen sein, die sie am Festland wohnten. Ihnen schien es eine Ewigkeit. Sie hatten dort alles, was sie zum Leben brauchten, nur eines nicht, – das aber war für sie das Wesentliche:

Ihre Seelen wurden überflutet von einer unbändigen Sehnsucht nach Weite und dem unverstellten Blick übers Meer, das sie in all den Jahren jenseits des Festlandes in so wechselnden Farben angesehen und auf sie eingewirkt hatte. Sie dürsteten nach dem Halligwind, der ihnen auf der Warft rau ins Gesicht fuhr und das Salz auf die Lippen trieb und im nächsten Augenblick wieder schwieg, dass sich nichts mehr regte und bewegte. Das Meer – es rief, lockte, lächelte. Am Ende verging kein Tag mehr, an dem sich die See nicht hinter ihren Augen verlor.

Die Sehnsucht, zur Hallig heimzukehren – koste es, was es wolle – hatte sich der Ingwersens bemächtigt, eine Sehnsucht, die sie von innen her verzehrte und ihre Herzen so tief verwundete, dass sie den Liebkosungen des Meeres und seinem Rufen nicht länger widerstehen konnten.

Am Vorabend eines Spätsommertages brachen Hans Christian und Auguste Ingwersen auf, verließen das Festland und fuhren auf die Hallig. Sie wollten nur mal kurz einen Besuch machen, sagten sie, und verbrachten die Nacht auf Ockenswarft. Etwas zerfahren und durcheinander sollen die beiden gewesen sein, als sie den Morgenkaffee tranken. Aber niemand hatte sich dabei etwas gedacht.

Und dann sind sie sonntäglich gekleidet, als wären sie zu einem Fest geladen, von Ockenswarft losgegangen in Richtung Ipkenswarft, wo sie viele Jahre ihr karges Glück genossen hatten. Da sie aber die offene Schleuse nicht passieren ließ, kehrten sie um, liefen auf dem kleinen Sommerdeich Richtung Backenswarft und – wurden nicht mehr gesehen – – –

Eine Schar Möwen und Austernfischer erhob sich von jenseits des kleinen Sommerdeichs, hinter dem das alte Ehepaar verschwunden war, und stieg einer wirbelnden Wolke gleich mit großem Geschrei in den Mittagshimmel. Dann war es still.

Kinder hatten beobachtet, dass die Ingwersens ein starkes Seil bei sich hatten. Und Catharina Hansen von Backenswarft konnte die beiden von ihrem Fenster aus noch für Augenblicke sehen. Matthias, ihr Mann, ist noch hinterhergelaufen, aber zu spät. Mit einem Seil verbunden lagen die beiden leblos im Wasser. Und wie man Hans Christian und Auguste Ingwersen gefunden hatte, so wurden sie auf Kirchwarft ins Grab gelegt.

Am Ende war's, als wollte das Ehepaar – zur Hochzeit des Meeres geladen – nur eine längere Ruhepause einlegen zwischen zwei Wellen im Gezeitenstrom, der kommt und geht, der gibt und nimmt.

Eine Nacht im Eis

Kurz vor Weihnachten besuchte ich Rieke Mommsen, die auf der Hallig viele Jahre als Hebamme und Krankenschwester tätig war. In ihrem Wohnzimmer lag auf dem Tisch ein Büchlein von Theodor Storm. „Von Jannis zum Christfest 1951" stand darin mit Bleistift in deutscher Schrift. Jedes Jahr zur Weihnachtszeit nimmt es die über Achtzigjährige in die Hand, nachdem ihr Mann, der Postschiffer Jannis Mommsen, gestorben ist. Sie wies auf die Widmung und sagte mit leuchtenden Augen: „Meine schönste Weihnacht" – und erzählte:

Am Tag vor Heilig Abend habe sich Jannis verabschiedet, wie er es immer tat, wenn er von Ockenswarft aufbrach, um von der Insel Pellworm für die Bewohner der Hallig die Post zu holen und mit der Post notwendige Medikamente.

Eigentlich eine Routinefahrt, dachten beide. Doch wehte schon seit Tagen ein frostiger Wind aus Nordost übers Watt. Der hatte bei zweistelligen Minusgraden zarte Eisblumen an die Fenster der Halligháuser gemalt, die Grabsteine auf dem kleinen Friedhof unleserlich gemacht und mächtige Eisschollen aufs Meer geschickt. Die wurden jeden Tag größer und zahlreicher und drohten die Hallig einzuschließen.

Als Jannis Mommsen im offenen Motorboot die Hallig verließ, trug ihn die Strömung bei auflaufendem Wasser und günstigem Eisgang rasch zur Insel. Dort lud er die Post ein, erledigte alles Notwendige und ging wieder an Bord seines Schiffes.

Jannis Mommsen sah seine Hände übers Ruder gleiten, mal nach Backbord steuern, dann wieder schnell nach Steuerbord, um den großen Eisschollen auszuweichen. Die Hallig war schon in greifbarer Nähe, als das Wetter plötzlich umschlug und starker Wind aufkam.

Jannis wusste, was das bedeutet und versuchte, ruhig zu bleiben. Er sah, wie von Minute zu Minute die Eisschollen zahlreicher wurden. Sie umzingelten, sie umklammerten und umschlossen das Schiff, als wollten sie es auf ihre frostigen Schultern heben. Der Postschiffer manövrierte das Schiff vor und zurück, wieder und noch einmal – vergeblich! Im Eis gefangen, driftete er ab und musste ohnmächtig zusehen, wie ihn die Strömung hinaus aufs Meer trieb und immer weiter von der Hallig entfernte.

Rieke sah mich an, holte tief Atem und meinte dann:

„Ich hatte natürlich auch gemerkt, dass Wind aufkam, war aber nicht beunruhigt. Erst als Jannis mehr als zwei Stunden überfällig war, griff ich besorgt zum Fernglas und suchte den Horizont ab."

Die Frau des Postschiffers musste lange suchen, bis sie das Schiff weit draußen entdeckte – in der vereisten Weite vor Norderoog. Und dann kam die Nacht. Ihr eisiger Hauch legte sich wie ein schweres, froststarres Laken über Watt und Hallig.

„Endlos sind Winternächte, wenn du warten musst", seufzte Rieke, griff zum Storm-Büchlein und blätterte unruhig darin.

„Weißt du, hier draußen musst du lernen zu warten. Musst dich in Geduld fassen. Denn es kommt immer wieder ganz anders als du denkst und planst. Jetzt konnten wir nur hoffen, dass die

Winde nachlassen und zum Tidenwechsel die Eisschollen das Schiff wieder freigeben", erklärte Rieke und erzählte weiter:

Schon nach kurzer Zeit habe der Postschiffer eine bleierne Feuchtigkeit gespürt. Er fühlte sie kalt und schmerzhaft den Rücken hoch kriechen. In dem steckten noch Splitter eines Explosivgeschosses aus dem Rußlandfeldzug, die von den Ärzten nicht herausoperiert werden konnten. Und plötzlich waren sie da, die Erinnerungen an Krieg und Gefangenschaft. Und mit ihnen das gleiche Gefühl von Einsamkeit und Verlorenheit, wie er es damals erlebt hatte. Angst machte sich in ihm breit, genauso schwarz und eisig wie die Nacht.

Jannis suchte sich abzulenken und nahm einige Tücher, tränkte sie aus einem Kanister mit Rohöl, der immer als Reserve mit an Bord war, und zündete sie in einem Zinkeimer an. Dann hielt er die Hände übers offene Feuer, schaute in die Flamme und dachte an die vielen Pakete, die er im Schiff hatte und die vor dem Fest noch zugestellt werden sollten. Er dachte an die Kranken, die auf die Medikamente angewiesen waren und warteten. Würde er nun noch rechtzeitig vor Heilig Abend nach Hause kommen?

Wie ungesichert und unberechenbar erschien ihm plötzlich das Leben. Dass über den nächsten Augenblick hinweg nicht gesehen werden kann, war für ihn, einen Liebhaber alles Berechenbaren, nur schwer zu verkraften.

Bei diesen Gedanken wurde in Jannis erneut Vergangenes wach: In der Gefangenschaft, erinnerte er sich nun – als er sich genauso einsam und verloren fühlte wie in dieser Winternacht, da hörte er ein Wort aus der Bibel. Er konnte sich die Stelle merken, hat sie sogar auswendig gelernt. Denn sie hat ihn gestärkt und geholfen durchzuhalten:

„Des Menschen Herz erdenkt sich seinen Weg, aber Gott allein gibt, dass er weitergeht", lautete das Wort.[21] Darauf also darfst du dich verlassen, hat er sich damals gesagt: Da ist Einer, der macht, dass dein Weg weitergeht.

War es Zufall, dass ihm dieses Wort gerade jetzt wieder einfiel? Jannis schien darüber verwundert. Doch spürte er, dass bei diesem Gedanken das Blut in seinen vor Kälte steifen Gliedern wieder zu zirkulieren anfing, ihm die Einsamkeit dieser eisigen Winternacht so einsam nicht mehr vorkam und die Stunden bis zum Tidenwechsel irgendwie rascher vergingen.

„Nun" – meinte Rieke, und ein sonniges Lächeln glitt über ihr Gesicht, „am frühen Morgen kam Gott sei Dank wieder Bewegung ins Eis. Jannis konnte das Postschiff wieder auf Kurs bringen und die Hallig ansteuern. Als ich ihn nach seiner Heimkehr in die Arme schloss, da war er schwarz vom Öl wie ein Schornsteinfeger. Ja, so hat er ausgesehen, schwarz wie ein Schornsteinfeger. Unvergesslich dieser Heilige Abend 1951."

21 Sprüche 16,9

Käpt'n Ricklef Petersen

Als Käpt'n Ricklef Petersen alt war und auf sein Leben zurücksah, schien es ihm, als habe er mehrere Leben gelebt. Er wusste nicht, welche versunkenen Abenteuer und Leidenschaften sein Wesen geformt haben. Nur dass wir Menschen tiefer in der Vorzeit verwurzelt sind, als unser Bewusstsein es wahrhaben will, war ihm gewiss. Ihm zuzuhören, wenn er aus seinem Leben erzählte, war mir ein besonderes Erlebnis.

In jungen Jahren lag Ricklef mit Vorliebe auf Salzwiesen im Violett der Bondesstave. Wenn ihm dann der Wind das Geräusch und den Geruch des Meeres zutrug, vergaß er, was um ihn herum war. Er starrte gedankenverloren in den Hallighimmel und lehnte sich an seine Sehnsüchte und Träume. In denen ritt er auf Wogenkämmen und auf Wolken oder sah sich im Eismeer vor Grönland als Walfänger, der wagemutig auf einer der Schaluppen die Harpune schwingt oder im Mastkorb Wale ausspäht. All das Vergangene schien in ihm gegenwärtig. Die Wasser hatten für den Zwölfjährigen eine Stimme. Sie flüsterten ihm Geschichten zu von früher, die sich mit seinem Leben verbanden.

Dem Jungen fielen keine Worte ein zu sagen, wie wunderbar das Meer ist und die Winde und das Kreischen der Möwen und Austernfischer. Auf dem Wasser wusste er, dass er existiert. Auf dem Wasser entdeckte er sich selbst und fand seine Bestimmung.

Schon früh hatte sich Ricklef die See geöffnet, als er auf dem kleinen Frachter seines Onkels, des Schiffers Ingwer Brodersen, mitfahren durfte. „Vorwärts" hieß das Schiff, das die Hallig mit allen notwendigen Gütern zu versorgen hatte. Als dem Jungen zu allem noch erlaubt wurde, auf der Brücke zu stehen, den Frachter zu steuern und „Vorwärts!" und „Langsam!" und „Stopp!" über Deck zu rufen, da war sein Glück vollkommen. Und so wünschte er nichts sehnlicher, als eines Tages selbst ein Schiff zu besitzen und das Meer zu befahren.

Käpt'n Ricklef Petersen drückte seine Kapitänsmütze tief in die Stirn und streifte mich mit Blicken, als wäre er aus Kindheitsträumen erwacht. Er griff nach seinem Krückstock, der ihn seit Jahren begleitete. Mit dem fuchtelte er temperamentvoll in der Luft herum, als wollte er noch einmal die Konturen des Frachters seiner Jugend nachzeichnen. Dann sagte er:

„Wie ich zu meinem ersten Schiff gekommen bin, willst du wissen?"

Der alte Mann hielt einen Augenblick inne und erklärte nachdenklich:

„Ich habe gute Lehrmeister gehabt. Weißt du, wer die waren?"

Er sah mein erstauntes Gesicht und lachte:

„Die Hindernisse, die sich mir damals in den Weg stellten. Ja, die Schwierigkeiten, mit denen ich fertig werden musste – die nenne ich heute meine Lehrmeister."

Und dann erzählte er, wie die Freude des Zwölfjährigen, auf dem Schiff seines Onkels mitfahren zu dürfen, ein jähes Ende

gefunden habe, weil sein Vater krank wurde. Fünfzehn Jahre hat der zu Bett gelegen. Und Ricklef musste seiner Mutter in der Landwirtschaft helfen. Da blieb keine Zeit für Meer und Schiff, nicht eine Stunde.

„Auch nach der Schulzeit – ich kam einfach nicht weg von der Hallig und war ziemlich verzweifelt damals“, erinnerte sich der alte Mann, „und natürlich hätte es meine Mutter damals am liebsten gesehen, wenn ich ganz zu Hause und in der Landwirtschaft geblieben wäre.“

Die Jahre vergingen und Ricklef Petersen wusste nicht recht, wohin sie gegangen waren. Denn sie zerrannen ihm, wie Wasser zwischen Fingern zerrinnt. Und er war darüber zu einem jungen Mann geworden, für den es damals tatsächlich so aussehen musste, als hätte ihn der Himmel vergessen oder für etwas anderes vorgesehen, als er gedacht und sich erträumt hatte.

Aber dann geschah eines Tages etwas, das ihn zutiefst aufwühlte und seinem Leben unerwartet eine Wende gab:

Es war im November, in einer von Blitzen erhellten Sturmnacht. Orkanböen hatten die Hallig unter Wasser gesetzt. Auf Ockelützwarft traf man Schutzmaßnahmen gegen Wasser und Sturm. Ricklefs Onkel Ingwer Brodersen war mit anderen gerade dabei, Heudiemen am Fuß der Warft zu sichern. Da geschah es, dass er plötzlich von einem der Heudiemen fiel und tödlich verunglückte. Später wurde erzählt, der Engel des Todes sei als Blitz über ihn gekommen. Der habe sich aus einer schwarzen Wolkenwand gelöst, sei dann aber nicht ins Wasser gefahren und verschwunden, sondern wie ein feuriger Ball weitergerollt – genau dorthin, wo der Schiffer stand, als habe er ihn, nur ihn gesucht.

„Warum er?" fragte Käpt'n Ricklef Petersen in einem Tonfall innerer Bewegtheit. „Warum musste er sterben? Ich verstehe das bis heute nicht", erklärte er und sah mich aus fragenden Augen an. Es war sonst nicht seine Art, viel über solche Dinge nachzudenken. Umso überraschter war ich, als er leise wie zu sich selbst sagte:

„Ist wohl so: Der Tod schaut nicht auf den Kalender. Und niemand weiß, was ihm der Morgen bringen wird."

Der Tod seines Onkels stellte Ricklef nicht nur Fragen. Er brachte ihn ins Grübeln, als er aus dem Testament des Verstorbenen erfuhr, dass der Schiffer Ingwer Brodersen ihn, Ricklef Petersen, zu seinem Nachfolger bestimmt und ihm den Frachter „Vorwärts" überschrieben habe.

Nun konnte ihn auch seine Mutter nicht mehr zurückhalten. Ricklef machte sein Patent in Husum und ist von da an selbständig gefahren. „Habe Sand und Baumaterialien nach Wyk geschippert und Ditten nach Pellworm", sagte der alte Mann, „habe Einkäufe in Husum gemacht und Schafe und Lämmer nach Amrum gebracht."

Der Tod seines Onkels war ein großer Schmerz für Ricklef, den er zeit seines Lebens in sich bewahrte. Doch wenn er auf See war, genoss er diesen Schmerz, ja gab sich ihm hin, wie man sich einem Glück hingibt, weil er die Wende in seinem Leben bedeutete. Dass das Unglück des Einen zum Glück des Anderen wurde, blieb ihm ein großes Geheimnis.

„Keiner kennt die Beschlüsse des Himmels, keiner!“ pflegte er fortan zu sagen. Doch wurde er gewiss, dass es eine Macht geben müsse, die den Lauf der Welt bestimmt. Ist es am Ende vielleicht töricht, zwischen glücklichen und unglücklichen Ereignissen zu unterscheiden? fragte er sich.

Glossar der Halligwörter

Bondestave	Auch Halligflieder genannt; eine Salzwasserpflanze, die zur Familie der Grasnelkengewächse gehört.
Ditten	Heizmaterial aus getrocknetem Kuhmist
Fething	Kleiner Teich inmitten der Warft, der das Regenwasser sammelt und zum Tränken des Viehs dient.
Fenne	Grasland, das zum Weiden des Viehs genutzt wird.
Hallig	Unbefestigte Insel, die bei Sturmfluten überschwemmt wird.
Knerken	Halliggebäck
Pesel	Gute Stube im Hallighaus
Porren	Krabben/Garnelen
Teepunsch	Schwach gesüßter Tee mit Kümmelschnaps.
Tide	Gezeiten, die Einheit von Ebbe und Flut.
Warften	Künstlich aufgeworfene Hügel, auf denen die Hallighäuser stehen.
Watt	Bei Ebbe nicht vom Wasser bedecktes Land

Zu den Fotografien